99のなみだ・星

涙がこころを癒す短篇小説集

リンダブックス

目次

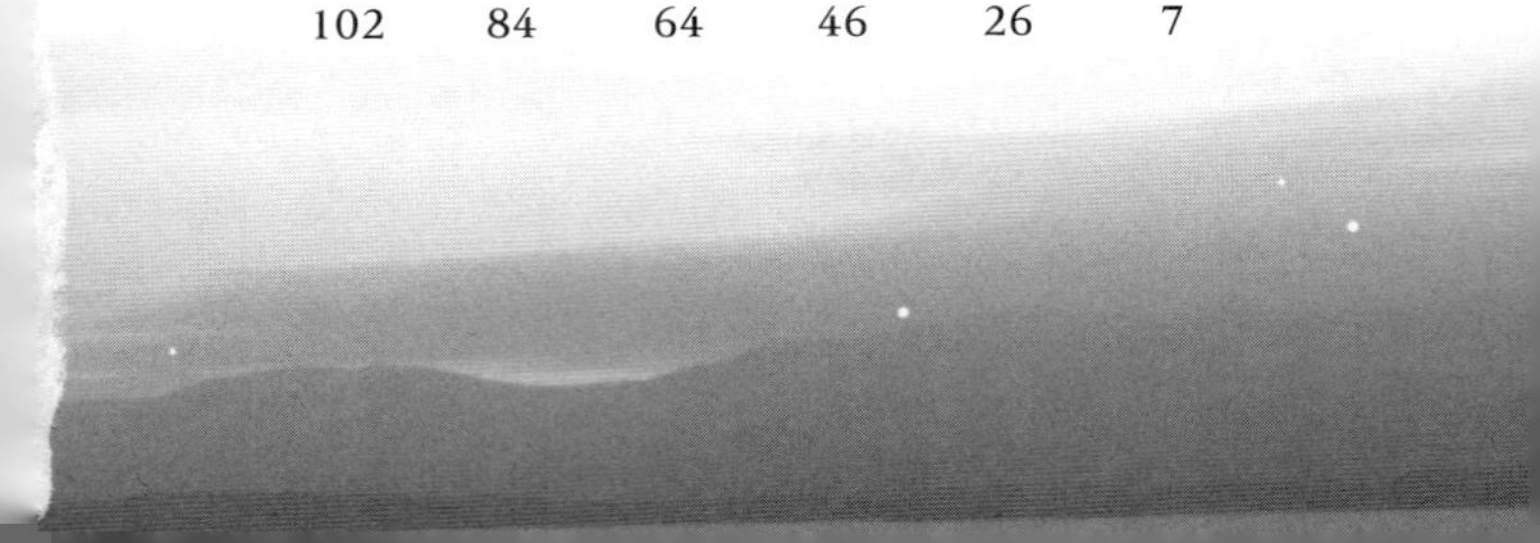

99のなみだ・星

星空ドライブ

三月最後の火曜日――実家の両親があたしと娘の百合葉《ゆりは》をドライブに誘ってくれたその日――、茨城の空は晴れ渡っていた。

朝六時に千葉からわざわざ茨城まで迎えに来てくれた実家の車は、見慣れた日産マーチではなくメルセデス・ベンツのGクラスなるものものしい四駆に変わっていた。

「ベンツ……」思わず呻《うめ》いたあたしに、お母さんが笑って言った。

「中古よ、中古。お父さんのささやかな道楽」

「へえ……」

「この車、屋根が開くのよ。ねえ、お父さん。えーと、何だっけ？　たしか……カプリ……」

「カブリオレ」

お母さんのうわついた声に重石をのせるように、お父さんが短く答えてスイッチを入れた。ルーフがするする開いていく。と、天井から生白い顔がピョコンと飛び出してきた。

「おはよう」

「丈《じょう》？　あんたも来たの？」

百合葉があたしを怪訝そうに見上げるので、あわてて笑顔を作ってみせた。

「あ、この人はママの弟。あんたの叔父ちゃん。丈叔父ちゃんよ」

「やあ、百合葉ちゃん。ごぶさたしてます」

丈のどこかずれた挨拶に、百合葉はこくりとうなずき、あたしに小さく尋ねる。

「丈叔父ちゃんはどこに住んでるの？　何してる人？」

あたしは返事に詰まった。三十を目前にした叔父ちゃんがいまだ定職につかず、実家の自室にこもってゲームやパソコンに興じている事実を何て説明したらいいのか、迷ってしまう。

けっきょく百合葉には答えられず、代わりに丈に話しかけた。

「よく起きられたね。あんた、早起きは苦手でしょ？」

丈は「まあね」と大欠伸する。

「でも『絶対参加しろ』って、『家族旅行だから』って、お父さんとお母さんが言うからさ」

家族旅行？　あたしはその言葉に面食らう。さまよわせた視線の先にバツの悪そうな両親の顔があって、ようやく思い当たった。なるほど。『家族旅行』という名の事情聴取か。車の中なら逃げ場がないもんね。

「ほら。姉ちゃんと百合葉ちゃんも早く乗りなよ」

丈はルーフから首を引っ込めると、後部座席のドアを開けて手招きした。百合葉がいそいそと乗り込む。あたしは肩を落として、後につづいた。足が重かった。

ちょうど今からひと月前の二月下旬まで、あたしは自分の家庭がどうなっているか、実家の弟はもちろん両親にも何も話していなかった。

今年の一月に離婚届を提出し、元・夫と頭金を出しあって買ったマンションを売り払い、百合葉が終業式を迎えるのを待って別の町のアパートに引っ越し、苗字と住所が変わったことから必要となる一連の手続きを済ませ、弁護士を立てて決めた養育費と慰謝料が指定日にきちんと元・夫から振り込まれていることを確認した上で、やっと実家の電話番号をプッシュした。

「いろいろあって、あの人とは別れました。うん。そう。離婚届を出したの。だいじょうぶ。ごはんも食べてるし、ちゃんと寝られてる。泣いてないよ。あの人のことで涙なんか出ないわ。心配しないで。え？　いいよ。わざわざ来なくていいって。百合葉もだいじょうぶだから。本当だって。あの子、あたしよりずっとしっかりしてるし」

電話に出たお母さんに向かって淡々と――涙ぐむことも声を詰まらせることもなく――たしかそんな事後報告をした。詳しい事情は一切話さなかった。話せばどうせ愚痴になる。両親への挨拶よりも妊娠が先になってしまったあたしの結婚に、両親は諸手を挙げて賛成してくれたわけではなかったから、後悔の言葉は意地でも口に出したくなかった。だからあたしの両親は「娘が離婚して子どもを引き取った」こと以外何も知らない。

去年の四月、夫婦そろって出席した百合葉の小学校入学式当日の夜に夫が失踪したことも、以来離婚まで夫は一度も家に戻ってこなかったことも、失踪の原因は夫の不倫であったことも、その不倫が実は三年も前からつづいていたことも、不倫相手はあたしより十二歳も若い独身女性だったことも、両親はぜんぜん知らない。夫に失踪されるまであたしが何も気づかず、夫を疑ったことすらない間抜けな妻だったことも知らないのだった。

てっきり質問ぜめにあうと覚悟してたのに、予想に反して誰も何も聞いてこなかった。お母さんは陽気な鼻歌を口ずさみ、お父さんは黙々とハンドルを握り、丈は百合葉といっしょに携帯型ゲーム機にかじりついている。あたしはいたたまれなくなって、声をあげた。

「お父さん、今日はどこに行くの?」

「江の島よ」

間髪入れず返事をしたのは、お母さんだった。あたしは「江の島?」と思わず聞き返してしまう。

江の島には昔一度だけ、両親に連れていってもらったことがある。あたしが中学生、丈はまだ小学生だった。千葉の実家からだと結構な遠出だが、やはり今日のような日帰りのドライブだった気がする。二十年近く経っても記憶に残っていたのは、子ども達が独立するまで——丈はいまだに怪しいけど——家族旅行らしきものをしたのは、それが最初で最後だったからだ。

夫婦で自営の保険代行業を営んでいた両親は常に忙しかった。いちおう定休日を作ってはいたが、電話一本でいつでも仕事モードに切り替わり、家を飛び出していった。

家族そろってレジャーや旅行を楽しむ余裕などあるはずもなく、あたしと丈はキャンプも海水浴も遊園地も、友達同士で楽しめる年齢になるまで行ったことがなかった。両親のどちらかが必ず夜遅くまで事務所に詰めていたから、家族全員で食卓を囲んだ経験もない。

そんな我が家のたった一度の家族旅行。素晴らしき家族旅行……なんてことは全然なくて、惨憺《さんたん》たる思い出ばかり残っている。ルート選びから店のチョイスまで失敗しまくり、おみやげ代わりに拾った貝殻を家に着く前に粉砕するという、不幸つづきのドライブ。悪夢の江の島。

帰りの車中はみんな無口だった。そしておそらくみんな悟っていた。うちの家族はバラバラなくらいがちょうどいいんだ、って。いっしょに行動することに慣れていないから、今さら同じ空間にいるとぶつかってしまう。自分の体の幅を自覚していない力士のように。

「お父さん、違う！」

お母さんの悲鳴にも似た叫びで我に返る。

「さっきのジャンクションは直進！　私、そう言ったよね？」

「ギリギリに言われても困る。急ハンドルは事故のもとだ」

「ギリギリじゃないよ。さっきから言ってました！　あーあ。左折しちゃった。この道、どこに連れていかれるの？　どうするのよお？」

お母さんは甲高い声でまくしたて、ぶあついロードマップを振りかざした。

「だから首都高は嫌いなんだ。トラップが多すぎる」とお父さんは不機嫌に舌打ちする。

あたしはため息をついた。懐かしいというかまたかというか、あの時の家族旅行と同じだ。

「カーナビつけてなかったの？」

あたしの何気ない質問に、お母さんが噛みついてきた。

「千葉から行く時は、ロードマップで事足りるの！　今日は茨城経由で遠回りしちゃったから。いつもと違う高速にのったから。……あーあ。お昼までに江の島着かなきゃ困るわ。せっかくしらす丼の美味しい店を調べてきたのに、売り切れちゃうじゃないの」

ヒステリックにまくしたてられ、あたしもついカッとなった。

「遠回りさせて悪かったね。でも、誰も連れてってくれなんて頼んでない。あたしが貴重な有休をとらなきゃいけないようなドライブの計画を勝手に立てたのは、そっちでしょ？　離婚についてあたしに聞いたり説教したいだけなら、こんなまわりくどいことしなくていいのに」

「二人ともうるさい！　気が散ると、事故のもとだ。黙っとけ」

お父さんが怒鳴る。ふだんほとんど喋らない人だけに迫力があった。気まずさから険悪さに、車内の空気がはっきり形を変えていく。ほら、やっぱり。家族旅行なんて我が家には向いてない。一度で懲りたはずなのに。あたしのため息を制するように、丈ののんびりした声が響いた。

「百合葉ちゃんのキャンディー、うまそうだなあ。もらってもいい？」

「いいよ」

チュッパチャプスをくわえた百合葉が、自分のデイパックからごそごそ菓子袋を取り出す。

「みんなの分もチュッパチャプスあるよ。どうぞ」

バックミラー越しにお母さんと目が合った。お母さんはすっと視線を百合葉に移し、「ありがと。おばあちゃんもお菓子持ってきたのよ。後であげるね」と声を和らげ話しかけた。やれやれだ。それにしても百合葉のこの落ち着きっぷりはどうだ？　我が子ながら誇らしくなってしまう。あたしは胸をそらしてチュッパチャプスを受け取った。

隣の江の島弁天橋をいく歩行者に追い抜かされながら、渋滞のひどい江の島大橋を進み、ヨットハーバー近くの駐車場にようやく車を停めた時には午後二時を過ぎていた。平日だというのにさすがは観光地、すごい人出だ。とりわけ若いファミリーの姿が多いことに驚く。子どもの春休みに合わせて父親が有休をとったんだろうか？　父親と母親に挟まれ、両手をつないでもらっている百合葉くらいの女の子を見つけ、あたしは何となく目を伏せた。

お母さんが目星をつけていた店の人気しらす丼はやっぱり売り切れていたけど、あたし達はもうさほどがっかりもしなかった。ダメで当然。うまくいくはずがない。そんな負け戦ムード。

それでも青銅の鳥居をくぐり、みやげ物屋の並ぶ参道をのぼっていったのは、事前に江の島についていろいろ調べていた百合葉が「岩屋にいきたい。龍がいるんだよ」とせがんだからだ。『エスカー』と名付けられたエスカレーターに乗るという近道を使っても、江の島の裏側にある岩屋までは遠かった。おまけに道は急なアップダウン。大人達が全員バテるなか百合葉はひとり元気で、デイパックを跳ね上げてあちこち走り回っては「海が見える」だの「橋が見える」だの「崖が見える」だのはしゃいでいた。そういえば離婚後、百合葉とレジャーに出かけるのは今日が初めてだ、と気づく。

細い坂道の途中にある食堂で、遅いお昼ごはんを食べた。『しらす丼あります』という貼り紙につられたのだ。海の見える座敷で食べたしらす丼は美味しかった。お母さんの行きたかった店の人気しらす丼がどれほどの味なのか知らないが、あたしはこれでじゅうぶん満足した。

開業時間ギリギリに辿り着いた岩屋にはもうあまり人影がなく、あたし達家族の他は大学生くらいのカップル数組と高校生の男子グループしか見かけなかった。

料金所を抜けるとすぐライトアップされた通路があり、江の島の歴史や岩屋にまつわる伝説を紹介したパネルが展示されている。百合葉が先頭に立って歩きながら教えてくれた。

「岩屋はね、天然の岩を波がシンショクして出来た洞窟なんだよ」

「百合葉ちゃん、スゲー。勉強してきた？　それとも、Ｇｏｏｇｌｅ様に聞いてきた？」

そんなひやかしを入れる丈のたるんだ腹をあたしは肘で突いた。百合葉はまるで気にしてないように進んでいく。ライトアップの灯りがだんだん届かなくなってきたあたりに受付があり、ろうそくを貸してもらえた。ここからが岩屋探検の本番らしい。日の射し込まない洞窟はひんやりして、どこからともなく風が吹いてくる。岩肌は湿気で濡れていた。天井が低く、大人は腰をかがめなければ進めない。かなり苦しい体勢だ。足元も悪くて、スニーカーでこなかったことを後悔しながらあたしは慎重に歩を進めていった。

岩屋には第一と第二ふたつの洞窟がある。あたしは早々に腰が痛くなり第一だけで帰りたかったが、百合葉が許してくれなかった。

「龍は第二岩屋にいるんだよ。ママも見なきゃ」

こうして入ることになった第二岩屋は光る石や石像など観光用にいろいろ演出がこらされていたようだけど、あたしは正直何も覚えていない。足元しか見ていなかったし、頭の中は早くこの探検ごっこを終えたい一心だった。

「わあ、龍だ！」

前方で百合葉の歓喜の声があがった。バタバタとせわしない足音がつづく。走ったら危ない。あたしがそう言いかけた瞬間、ゴッとにぶい音が響き、「ひっ」とも「ひゃっ」ともつかない息を吸い込むような悲鳴が聞こえてきた。全身の血が逆流する。

「百合葉！　どうしたの？」

ロウソクを倒さないように気をつけながら精一杯急いでそばにいくと、百合葉がうずくまっていた。

「転んだの？　どこ打った？　頭？」

ゆっくり首を横に振る百合葉はうつむいたままだ。顔を覆った手の色が変わっていることに気づく。ロウソクの炎を近づけてみると、思わず息をのんでしまうほど真っ赤だった。

「血が出てるじゃないの！　バカ！　どうして走ったりしたの！」

心配でもいたわりでもなく叱責の言葉がとっさに出てしまう。洞窟の中をあたしのヒステリックな声が響きわたった。家の外ではけっして出さない、だけど家の中ではちょくちょく出してしまう、自分が嫌いな自分の声だった。たちまち、百合葉は肩をふるわせる。あたしに怒鳴られたことで、ひとりで懸命に耐えていた痛みと恐怖がのしかかってきたようだ。

その時、丈があたしを押しのけて、のっそり前に出た。自分のウィンドブレーカーや手に血がついてしまうことを気にもせず、百合葉の手首をにぎって顔から外させる。

「暗くてよく見えないな。姉ちゃん、灯を近づけてくれる?」

その声はいつもと変わらずのんびりしたものだ。あたしが「はい」と慌ててロウソクを百合葉の顔の横に持っていくと、丈は百合葉の頬を両手でそっとおさえて右へ、左へ、上向かせて、と様子を見てくれた。

「うーん、鼻血だね。骨は折れてないと思う。百合葉ちゃん、転んだ拍子に岩か何かにぶつかっちゃったんじゃない?」

柵に囲われた龍の模型を眺めたまま、百合葉は黙ってこっくりうなずく。丈は「そっかそっか」とうなずき、その肉厚な背中を向けてしゃがんだ。

「叔父ちゃんが、おぶっていってやろう。これがホントの出血大サービスだよ」

百合葉は目をしばたき、まぶしそうにあたしを見上げた後、素直に丈の背中に身をゆだねた。

「天井に頭をぶつけないように、気をつけて」

お父さんと並んで先をいくお母さんの言葉に、丈と百合葉は同時にうなずいた。その角度もタイミングもそっくりで、生まれてからずっと元・夫に「似てる」と言われつづけてきた百合葉の中に、間違いなくあたしの家族の血も流れていることを確信出来たのだった。

丈はずっと百合葉をおぶってくれた。江島神社の奥津宮あたりで眠ってしまった百合葉の体はずいぶん重そうで、あたしは何度も「もう降ろしていいよ」と言ったのだが、丈は「寝かせておいてあげよう」とがんばった。その太い首筋に光る汗や、息づかいの荒さから、日頃の運動不足がたたって体力の限界なのはよくわかったけれど、それでも丈は男だった。女のあたしよりずっと力があった。男親がいなくなるってこういうことか、とふと気づく。

これから百合葉と二人、あたしは数え切れない日々を過ごしていく。健康優良児の百合葉とはいえ、生きている以上いつも完璧に健やかであるわけがない。病気になったり、今日のように怪我したり、その時、「さあ、おぶさって」と差し出す広い背中が、曲がりくねった長くきつい坂道を上り下り出来る体力と気力が、あたしにあるだろうか？　あるいは逆にあたしが動けなくなった時、誰が百合葉の世話をしてくれるのだろう？　ずっと目をそらしてきた不安と今、向き合う。前へ進めなくなるから、と考えずにいたことをちゃんと考えてみる。鼻の奥が熱くなってあわてて顔を上げた。木々の間から突き出した展望台がじんわり滲んだ。丈と目が合う。

「どう、姉ちゃん？　引きこもりも、たまには頼りになるでしょ？」

冗談めかした丈の言葉に、あたしは妙に真面目な顔でうなずいてしまった。丈は太い指で鼻の頭を軽く掻き「男手が必要なら」とぼそりと言う。

「言ってくれたらいいから。ふだん俺、姉ちゃんが思ってるほど引きこもってないし。茨城くらい、千葉からバイク飛ばしていってやる」

「丈、バイクの免許持ってたっけ？」

「えっと……スクーターのだったら」

巨体を丸めてスクーターに乗っている丈を想像し、あたしは噴き出してしまう。間抜けすぎる。でも、丈はきっと本気だ。あたしと百合葉のピンチには、スクーターで千葉から茨城まできっと本当に駆けつけてくれる。バカでのんきで頼りないあたしの弟は、そういうやさしさを持っている子なんだ。


行きはエスカーで一直線に上った道を、帰りは海を見ながら迂回して下りた。ヨットハーバーを見下ろす広場で休憩している時、丈の背中で眠る百合葉から寝言が漏れた。

「……パ……」

めいめい広場の手すりにもたれて、夕闇から夜景に変わりはじめた湘南の風景を眺めていた家族全員が固まる。あたしが顔を強張らせて振り向くと、百合葉は目を閉じたままうっすら微笑んでいた。そして、もう一度同じ単語を口にした。あたしが一番恐れていた単語を。

「パパ……」

いい夢を見てるんだろう。パパ、の言い方でわかった。甘えるような、澄ましたような呼びかけに、いなくなった父親への百合葉の本当に気持ちが透けていた。

この子、父親が恋しいんだ。膝から下の力が抜ける。そりゃないよ、百合葉。愚痴りそうになる。あんた、あたしが離婚することをそれとなくほのめかした時から今まで、一度だって「離婚しないで」とも「父親といっしょにいたい」とも言わなかったじゃない？　それどころか笑顔で「いいんじゃない？　パパは今までだってずっとおうちにいなかったもん」なんて大人びた口調であたしを励ましてくれたじゃない？　あれは全部、あんたの気遣いだったの？　あたしはやっと小学生になったばかりの子どもにそこまで気を遣わせてたの？　思わずその場にしゃがみこんだあたしに、お父さんとお母さんが駆け寄ってきた。

「ああ、ごめん。ただの寝不足。だいじょうぶ。だいじょうぶ」

笑いかけたあたしに、お母さんがむしゃぶりついてくる。

「だいじょうぶなわけないでしょ。こんなに痩せて……だいじょうぶなわけないじゃない！」

堰《せき》を切ったように言葉がほとばしる。

「もっと頼ってよ。頼ってちょうだいよ。家族じゃないの。あんたから見たら頼りない親かもしれないけど、バラバラな家族かもしれないけど、それでも家族なのよ。ねえ?」

お母さんに相づちを求められ、お父さんがこっくりうなずくのが見えた。やっとわかる。両親はこの言葉をあたしに伝えたくて、今回の家族旅行を計画したのだと。

「いやだな。そんな熱血ホームドラマ、うちの家族らしくないよ。あたしなら、だいじょ……」

性懲りもなく強がろうとしたけど、言い終わる前にあたしの瞼は熱くなり、涙がぽたぽた零れてしまった。鼻水まで出てくる。いわゆる大号泣ってやつ。暗くなったとはいえまだまだ人の目がある観光地江の島で、いい年した女が老いた両親の前で大号泣。まいったなあ。体の方が心よりずっと正直なんだ。

そろそろ素直に認めなきゃ。あたし、全然だいじょうぶじゃない。うん。だいじょうぶじゃなかった。今までは泣かなかったんじゃない。泣けなかったんだ。ひとりで戦おうとしていたから。でも、あたしのその肩肘張った態度が百合葉を孤独にしてたんだね。がんばればがんばるほど、何の罪もない我が子を、本音も言えない環境に追いやってしまっていた。

「お母さん!」

あたしはこらえきれず、両腕を広げて待ってくれている母の胸に飛び込んだ。

お母さん、お父さん、あたしね、本当は悔しかったよ。悲しかったよ。彼のことが大好きだったから。こんなことになってもやっぱり憎みきれないから。毎日苦しかった。今も苦しいの。彼といっしょに年老いて、ふたり手をつないで百合葉の子どもを——あたし達の孫を——見にいく日が楽しみだったんだ。今は遠いけど、やがてきっと訪れる未来だと信じてた。「夫婦をつづけていると、まあ、いろいろあるわよ」なんてしたり顔で百合葉にアドバイス出来る日がくると思い込んでた。笑っちゃう。どうしてダメだったんだろう？　どこで狂っちゃったんだろう？　あたし、どこが悪かったの？　人の気持ちはどうして変わってしまうの？　「愛します」と誓い合った気持ちはどこへ消えてしまうの？　そんなこと、ずっと考えてた。

お父さんとお母さんが結婚前あれだけ心配してくれたのにね、勝手に結婚して、また離婚で心配かけて、本当にごめん。いつも何も相談せずに決めて、ごめん。ごめんなさい。

「あたし、どうすればよかったんだろう？」

百合葉を見ながらあたしがつぶやくと、お父さんは声を絞り出すように言った。

「これでよかったんだ。これがきっと一番よかったんだ」

お父さんの握りしめた拳がぶるぶる震えていた。

「お父さんとお母さんは、おまえが決めた人生を応援する。どんな人生になろうと、おまえが決めた道が正解だと心の底から信じる。おまえをまるごと全部肯定する。だからおまえも自分を信じなさい。そして、お父さんもお母さんも丈も家族みんな、おまえの味方だってことを忘れるな。そんなにひとりでがんばらなくていい。つらい時はつらいと、寂しい時は寂しいと、助けが必要な時はいつでも言いなさい」

「ありがとう。でも、そんなに甘えてばかりは……」

「いいんだよ」お父さんはせつなそうに強く首を横に振って、あたしの言葉をさえぎる。

「甘えていいんだ。だっておまえはいくつになろうが、お父さんとお母さんの娘じゃないか。母になろうが、祖母になろうが、永遠にお父さんとお母さんの子どもなんだぞ」

いつも寡黙なお父さんが連ねた言葉は、冷たい海風から守ってくれるようにしっかりとあたしの全身を包みこんだ。そして何も言わず抱きしめてくれるお母さんのやわらかい胸が、あたしの凍りついた心をすこしずつ溶かしていった。

すっかり忘れていた記憶がするするとよみがえってくる。そうだった。小さい頃のあたしは、やっぱりこうやってよくお母さんの胸で泣いた。お父さんに甘えてた。うちの両親は子どもをレジャーに連れていけないくらい忙しい人達だったけれど、子どもが本当に寂しい時、悲しい時には、いつもこうやって腕を広げて待っていてくれた。あたしや丈がもう一度ひとりで歩き出せるまで、自分達の体温を与えるようにぎゅっと抱きしめ、あたためてくれた。辛抱強く。いつまででも。どんなに仕事がたてこんでいても。……そうだった。そうだったじゃないか。

ハクション、と漫画のようなくしゃみが聞こえた。

「みなさん、そろそろ車に戻らない？」

百合葉をおぶったままの丈がのんびり笑う。辺りはすでに真っ暗だった。そして、あたし達家族はまた道を下る。石段を下りながら赤い鳥居の奥にそびえる竜宮城のような瑞心門《ずいしんもん》に別れを告げ、みやげ物屋が閉まった後の静かな参道を抜けて、ヨットハーバーを横目に見ながら駐車場に戻り、ベンツに乗り込んだ。

ちょうどあたしと百合葉を加えた家族分の座席数があるこの車がお父さんの「道楽」なんかじゃないってこと、今のあたしは気づいていた。しあわせそうな家族を見るのがつらくて外出が億劫になっているあたしと百合葉のために、家族総出で江の島なんてコテコテの観光地に連れてきてくれたこと、もうわかっていた。けど、何も言わないでおく。子どもは黙って甘えておくんだ。

車が走り出したとたん、百合葉は目を覚ました。あたしにもたれかかり、「お月様が見たい」とねだる。お父さんに代わって、帰り道を運転することになった丈が気を利かせてカブリオレのルーフを開けてくれた。暖房であたたまった車内の空気がみるみる逃げていく。あたしとお父さんとお母さんは上着の前をかきあわせ、百合葉に倣って夜空を見上げた。満天の星ってわけにはいかないけれど、けっこう綺麗な星空だ。

「満月」と百合葉が指さした先に、見事な白い円が浮かんでいた。

「ママ、知ってた？　今夜は今月二回目の満月なんだよ。そういうお月様のことをブルームーンって言うんだって。ブルームーンを見ると、しあわせになれるんだって」

よかったね、と言わんばかりに、百合葉はあたしを見てにっこり笑った。親からも子どもからも励まされて、あたしって本当にダメだ。でも、しあわせだ。

「ラッキー」とつぶやいて、あたしは手を合わせる。ブルームーンに祈る。これから先、どんなことがあっても、星をたどればいつでも不器用な家族のやさしい家族旅行を思い出せますように。家族からもらったあたたかな気持ちを、あたしが一生忘れませんように。

祈り終えるとあたしは天を仰ぎ、車の速度で流れていく星空を懸命に目に焼きつけた。

117の伝説

学校が終わると、結衣《ゆい》は校門を飛び出し、全速力で走った。小学二年生の国語の教科書や算数のドリルが、赤いランドセルの中でゴトゴトと大きく跳ねる。厚い前髪が汗でおでこに張り付いてもお構いなしだ。

小さな十字路まで来た結衣は、その場で足踏みをしたまま、そわそわと前後左右を確認した。今日、帰りの会で「寄り道は絶対にやめましょう」と先生に言われたばかり。結衣の暮らす児童養護施設は、この道をまっすぐ行ったところにある。でも、結衣は寄り道をしないわけにはいかない。

人影がないことを確認すると、結衣は左に曲がって再び走り出した。次の角に、タバコ屋がある。いつも店番をしているおばあさんが、カウンターの中にすっぽりと収まって見えるほど小さな店だ。

結衣はその店先にぶつかりそうな勢いで突進した。

「おばあちゃん、十円ちょうだい！」

息を整える時間も惜しいと言うように、結衣はカウンターの中に右手を差し出した。精一杯背伸びをして、ようやくおばあさんの不機嫌な顔を見上げることができる。

「ちょうだいじゃなくて、『貸してください』だろ」

おばあさんは、表情と同じくぶっきらぼうに言った。結衣はちょっと口をすぼめて、先ほどより少しはしおらしく「十円貸してください」と言い直す。それでもおばあさんは何かご不満らしく、ぶつぶつと文句を言いながらも、結衣の手の平に十円玉を一枚乗せた。

タバコ屋のカウンターの脇には、古ぼけた黄緑色の公衆電話があった。

結衣は腕を伸ばしてその受話器を取ると、儀式のように緊張した面持ちで十円玉を入れた。吸い込まれた十円玉は、電話の中でカタリと硬い音を立てる。それを合図にするように、結衣は数字を押していった。番号は、1、1、7。

「午後、三時、五十二分、ちょうどをお知らせします」

時報を伝える女性の声がする。時を刻む電子音に向かって、結衣はささやいた。

「お母さん、ねえ、聞こえる？」

しかし、流れてくるのは女性のアナウンスと電子音ばかり。毎日繰り返し聞いている、何の変哲もない時報だ。

「お母さん、どうして答えてくれないの？」

尋ねたところで、ぷつんと電話は切れた。まだ正確には一分も経っていない。十円分の通話時間は、いつだってあっという間に終わる。

「今日もつながらなかったのかい？」

受話器を置いた結衣に、おばあさんがカウンターから身を乗り出してきた。その顔には、肩を落とす結衣を面白がるような、わずかな笑みが浮かんでいる。

答える代わりにくるりと背を向けて歩き出した結衣に、おばあさんは声を張り上げた。

「今日で四十九日目、四百九十円だよ！」

おばあさんは、「正」の字が並んだ紙を振った。

*

結衣は、学校で「パパさん」と呼ばれていた。お父さんのように、みんなに慕《した》われているからついたあだ名ではない。

結衣には、おでこにやけどの痕《あと》があった。定規で引いたような横棒が一本。入ったばかりの小学校で、それを「おじさんみたいだ」と最初に言ったのは誰だったのだろう。それが「パパさん」というあだ名となって広がり、定着するのに、さほど時間はかからなかった。

結衣はそのあだ名がいやで仕方なかった。結衣の前髪はどんどん長くなり、どんどん厚くなり、目まで覆ってしまうほどになった。それでも、その呼び方が変わることはない。それどころか、結衣が痕を隠そうとするのに比例するように、陰口を言われ、机にいたずら書きをされ、教科書を破かれるようになった。

はじめは結衣も、悲しかった。養護施設には、友だちもいる。でも、小学校に上がったら、もっともっと友だちが増えると信じていた。それなのに、ふたを開けてみれば、養護施設の友だちですら、学校ではほとんど口をきいてくれない。

それでもいつの頃からか、結衣は思うようになった。お母さんとの約束があれば、どんなことにも耐えられる。

結衣が養護施設で暮らしはじめたのは、四年前、まだ三歳のころだった。それより前の記憶は、ほとんどないに等しい。

それでも、覚えていることもある。お母さんのやさしい笑顔。「大好きだよ」と頭をなでてくれた感触。そして「必ず迎えに行くから」という約束。

お母さんは私を大好きだと言ってくれる。お母さんが迎えに来てくれれば、この世界から抜け出すことができる。

そう思えば、じっと台風が通り過ぎるのを待つように、今の状況にも耐えることができた。

そんな結衣が、「117の伝説」という噂を耳にしたのは、女子トイレの中だった。五年生か六年生の女子が、声を弾ませながら話していた。

「公衆電話から117に電話すると、両想いの相手の声が、時報の向こうから聞こえるんだって。クミ、大島君の声聞こえるか、試してみなよ！」

クミと呼ばれた女子は、「好きじゃないってば」と顔を赤くしている。

トイレを出てもまだ聞こえる二人のおしゃべりを聞きながら、結衣は考えた。両想い。二人とも、お互いが好きなこと。

恋のおまじないの一つだった都市伝説が、結衣には違うものに映った。大好きで、会いたくて仕方がない人は、結衣にとってただ一人。「大好きだよ」という、お母さんの声がよみがえる。これを両想いというのだ。

その日の帰り道、結衣はきょろきょろとあたりを見回しながら歩いた。すると通学路から一本入ったタバコ屋のカウンターに、黄緑色の公衆電話を見つけた。

「お母さんと話せますように」

なけなしのお小遣いから、十円玉を一枚取り出して、公衆電話に入れる。心臓が、全身を包んでいるようにバクバクと音を立てた。震える人差し指で、慎重に1を二回押す。7のボタンを押し終わると、結衣は両手で受話器を握りしめた。一瞬の沈黙。その直後、ガタリと硬貨の落ちる音と共に聞こえた女の人の声に、結衣は飛び上がった。

「お母さん！」

結衣は受話器にかぶりつきそうな勢いで言った。しかし、一瞬後に落胆が結衣を襲う。それは時間を告げるテープの声だった。

それでも、よく耳をすませばその向こうにお母さんの声が聞こえるかもしれない。

結衣は息も止めて、受話器を耳に押し付けた。どんな小さな声でも聞き逃さないという気迫がみなぎっていた。

しかし、ちぎられるように唐突に、十円分の時間は終わってしまった。

きっと今日は、お母さん忙しかったんだ。きっと次にかけた時には、お母さんの声が聞こえるはずだ。

結衣はそれから毎日、学校帰りにタバコ屋に通った。次こそつながるような気がして、一日に何十円も使うこともあった。

一週間も経たないうちに、養護施設のバザーで作った小さなお財布は空になった。

あと十円。十円あれば、きっとお母さんと話せるのに。

結衣は、コンビニからアイスを手に出てくる男の子たちを横目に、とぼとぼと下校の道を歩いていた。養護施設の先生に言ったって、お小遣いをもらえるはずがない。施設の友だちもお小遣いに余裕のある子なんていないし、学校に貸してと頼める友だちはいない。

自然と結衣の視線は、コンクリートの上をさまよう。

どこかに、十円落ちてないかな。

うつむいて歩きながら、結衣は無意識のうちに、タバコ屋の前まで来てしまっていた。

カウンターの脇の公衆電話を見上げる。背伸びをすれば届くはずの十円の投入口が、今日は一層遠い。

結衣の視線は、カウンターの中に向いた。そこには、いつも背中の丸いおばあさんが収まっていた。まるで、タバコ屋全体を甲羅《こうら》代わりに背負った亀のように。しかし、今日は珍しくその姿がない。

結衣はじっと、カウンターの中につられているザルを見上げた。下からでは確認できないが、おばあさんがその中から、釣銭として小銭を出しているのを見たことがある。

あの中にはきっと、たくさん十円玉があるんだ。ジャンプをしたら届くかな。何か棒を持ってきてつついたら、十円玉が落ちてくるかな。

口を開けてザルを見上げたまま考えていた結衣は、突然の怒鳴り声に体を縮めた。

「まさか盗もうなんて考えてるんじゃないだろうね！」

しわがれているのに、人を威圧する力を持った声。我に返った結衣は、カウンターの定位置に、おばあさんが戻ってきていることに気付いた。

「ご、ごめんなさい」

結衣はぴょこんと頭を下げると、回れ右をした。走り出そうとする結衣に、もう一度、おばあさんのドスのきいた声がかかる。

「待ちな」

ぴたりと魔法にかかったように、結衣は固まった。恐る恐る、振り向いてみる。深く皺《しわ》の刻まれた顔は、ぶすりと無表情。怪しんでいることを隠す様子もない細い目が、結衣を見下ろしていた。

「毎日毎日、どこにかけてるんだい」

おばあさんに尋ねられても、初めは何のことか分からず、結衣は息をとめた。

「電話だよ、電話。毎日学校帰り、ここで電話してるだろ」

おばあさんと話をしたのは、その時が初めてだった。答えなければまた怒鳴られそうで、結衣は消え入りそうな声で言った。

「お母さんと話したくて」

おばあさんは黙ったままだ。結衣はいたたまれずに、続きを話していく。お母さんと交した約束や、117の伝説のことを。

「私、聞きたいの。お母さん、どうして迎えに来てくれないのか。いつ来てくれるのか」

うつむいた結衣の頭上で、ジャラリと小銭同士のぶつかる音がした。その音に反射的に顔を上げると、焦点も合わないほど結衣の目の前に、十円玉を差し出す、おばあさんの手があった。

「いいの？」

結衣がカウンターの中のおばあさんに目を向けると、相変わらず愛想のかけらもないおばあさんは「ああ」とつぶやく。結衣はその骨ばった手から、おっかなびっくり十円玉を受け取った。

「ただ、その十円はあげるんじゃない。あんたに貸すんだよ。いつか必ず返しなさい。それから、一日一枚。それ以上は私も貸せないよ」

結衣は「ありがとう」と頭を下げると、急いで公衆電話に十円玉を入れた。まるで電話が逃げると思っているかのような慌てぶりだった。

受話器を握りしめる結衣を、おばあさんは相変わらずの何もかも気に入らないと言いたそうな表情で見ていた。

その日から、結衣は毎日、一日十円分の通話時間に希望を託して生活を送ってきた。

しかし、お母さんの声が聞こえたことは一度もない。

今日も結衣は学校の帰り道、うなだれて受話器を元に戻した。歩き出した背中に、いやに弾んだおばあさんの声が響く。

「今日で四十九日、四百九十円だよ！」

おばあさんはご丁寧に、広告の裏に「正」の字をきっちり書いて、貸した金額を数えていた。その様子はどこか、落ち込む結衣を面白がっているようでもある。

「笑わなくたっていいじゃん」

結衣は背を向けたままつぶやいた。

結衣の不安は、日に日に募《つの》っている。

こんなにお母さんが大好きなのに、どうしてつながらないのだろう。どうして、迎えに来てくれないんだろう。

学校からタバコ屋までは全速力でやってきて、タバコ屋から養護施設までは重い足取りで帰るのが、結衣の日課となっていた。

翌日の体育が終わった休み時間、同級生の洋平が声を上げた。

「スパイクがない！」

洋平は、サッカーのリトルリーグに入っている。その放課後の練習のために、持ってきていたスパイクだったらしい。最新モデルを買ってもらったのだと、洋平は朝から大きな声で自慢していた。

「だれだよ、俺のスパイク盗んだの！」

洋平の興奮した声に、教室はしんと静まり返った。

結衣はその時、窓際の自分の席に座って本を読んでいた。特に本が好きなわけではないけれど、いつも一人でいる結衣にとっては、それが定番のスタイルだった。こうしていれば、悪口を言われていても、気付かないフリができる。

でも、今日はそうはいかなかった。開いた本の向こうに、誰かが立った。ゆっくり視線を上げると、洋平が結衣を見下ろしていた。

「お前だろ、俺のスパイク盗んだの！」

クラスの中でも体の大きな洋平だが、その時は六年生よりも先生よりも大きく見えた。

もちろん、結衣は何一つ身に覚えがない。第一、スパイクが何かもよく分からないのだ。きょとんと洋平を見上げた結衣の背後で、男子の一人が「そういえば」と声を上げた。

「おれ、この前見たよ。パパさんが、タバコ屋で金盗んで怒られてるとこ」

結衣はクラス中の視線を感じていた。そのすべてが、既に犯人は結衣だと確信している。

「違う」とつぶやく結衣の言葉には、誰も耳を貸さない。その代わり、「パパさんってシセツだもんね」という女子の言葉は、妙にはっきりと聞きとることができた。

「返せよ、俺のスパイク！」

洋平は、結衣に一層大声を張り上げる。すっかり委縮した結衣を立たせると、その肩をつかんだ。

「どこに隠してんだよ」

「知らない」

小さな抵抗を合図にするように、洋平は結衣を突き飛ばした。結衣はいくつもの机やいすと共に、その場に倒れた。その音は、廊下にまで響き渡った。

その後も洋平は何かを騒いでいた。殴りかかろうとするのを、誰かが止めに入った。でも結衣は何も分からなかった。

結衣はただ、倒れた机の陰で、頭をかばうようにうずくまっていた。怖くて怖くて、がくがくと震えていた。でも、怯《おび》えている相手は洋平じゃない。

結衣は思い出してしまったのだ。かつて、同じように突き飛ばされた時の記憶を。

そこには、母の姿があった。毎日思い出してきたような、「大好きだよ」と言ってくれる母のやさしい笑顔ではない。同一人物かと疑うほど、まさに鬼の形相《ぎょうそう》。その顔で、結衣に何かを叫んでいる。

ぞわぞわと、その時の思いがよみがえってきた。痛くて、熱くて、怖かった。

結衣は、自分のおでこに手をやった。触れても分かるつるりとしたやけどの痕が、一直線に伸びている。

そう、この傷も、お母さんが——

結衣が突然上げた大声に、怒りでいっぱいだった洋平も、結衣に白い目を向けていた子どもたちも、その目を点にした。

結衣は泣いていた。泣き叫ぶ、という方が正しいかもしれない。机の陰で顔を赤くして、大声を上げて泣いた。

結衣は知ってしまった。お母さんが迎えに来てくれる日も、この生活から抜け出す日もやってこない。おそらく、結衣が会いたいと願った母は、存在すらしていなかったのだ。

その日、結衣は寄り道することもなく、養護施設へと帰った。タバコ屋へ行く連続記録は、五十日目に途絶えた。

「昨日来なかったからって、今日二十円なんて、ムシのいい話はなしだよ」

次の日の帰り道、結衣は重い足取りでタバコ屋の前に立った。

いつも息せききってくる結衣との違いに、おばあさんも戸惑ったのかもしれない。早口にそう言うと、自分から十円玉を差し出した。しかし結衣は、うつむいたまま首を横に振った。

結衣はカウンターの上に、握りしめていた小銭を広げた。百円玉が一枚に、十円玉と一円玉が合わせて二十二円分ある。今の結衣の、全財産だ。

「電話かけるの、もうやめる。残りも絶対返すから」

沈黙が流れた。おばあさんは、詳しい理由は何も聞こうとしなかった。ただ、しばらく小銭を見つめた後、一つうなずいた。

「それがいいね」

いつも文句や不満ばかりのおばあさんが、結衣の言葉に賛同してくれたのは、多分それが最初で最後だった。皮肉の一つは当然言われるだろうと思っていた結衣は、急に力が抜けていくように感じた。

おばあさんはカウンター越しにちらりと結衣を見下ろした。うつむく結衣は、その後頭部しか見ることができない。

「そんなにうなだれるんじゃないよ」

おばあさんは、ついでというように、自分の肩をもみながら言った。

「電話なんかつながんなくてもね、あんたにだっていつか必ず現れる。心と心で、つながる人がさ」

その言い方は、いつも以上にぶっきらぼうだった。盗み見るように結衣が視線を上げると、口もいつも以上にへの字に曲がっている。おばあさんは照れているんだと気付いて、結衣は一晩泣きはらした目を、わずかに細めて笑った。

「なに人の顔見て笑ってんだい。これは返すよ。私は分割なんて大嫌いなんだ。いつか、そんな人が現れた時にでも、四百九十円、まとめて持って来ておくれ」

おばあさんは小銭を広告で包むと、押しつけるようにして結衣に握らせた。

その広告には、几帳面な「正」の字が九つと、最後の横棒が足りない字が一つ、並んでいた。

タバコ屋から養護施設に帰る結衣の足取りは、それまでよりも少しだけ軽かった。

記憶の中のお母さんにも、117の伝説にも裏切られた。憧れていた逃げる場所はないのだと、知ってしまった。でも、もう一度だけ何かを信じることができるなら、結衣はおばあさんの言葉を信じたいと思った。

いつか必ず現れる。心と心でつながる人が。

その時結衣が見上げた空は、赤く腫れぼったい目には眩しすぎるほどの青空だった。結衣はポケットの中で、丸めた広告とその中の全財産を握りしめた。

それ以来、結衣がタバコ屋に足を向けることはなかった。勢力を増すばかりの台風が過ぎ去るのを、身を縮めて待つような日々は続いた。だからこそ、タバコ屋に行けば、また117の向こうのいるはずもない母親に憧れてしまいそうで、弱い自分に戻ってしまいそうで、怖かったのかもしれない。

十八の春、結衣は児童養護施設から旅立った。

その日、おばあさんにあいさつをしていこうか悩んだ結衣は、結局タバコ屋へ曲がる十字路まで来て、足をとめた。

今はまだ、四百九十円を返す時ではない。でもいつか必ず、ここに返しに来よう。

「いってきます」

結衣はつぶやき、きびすを返す。そして一歩一歩踏みしめるように、新しい道を歩き始めた。

*

養護施設の門を出ると、英利《ひでとし》はすべての関節を伸ばしていくように、ゆっくりと大きく背中をのけぞらせた。

「あー、緊張した！」

結衣は思わず噴き出した。そこまで改まらなくてもいいのに、と思うほど、養護施設の英利は背筋を伸ばして先生たちと話していたのだ。

結衣が養護施設を訪れたのは、ここを離れて以来だった。手紙ではやり取りをしていたから、あまり実感はなかったけれど、数えてみれば八年ぶりということになる。

結衣はこの秋に、会社の同僚の英利と結婚する。今日はその報告のために来た。訪れるのは籍を入れてからでもいいと結衣は言ったのに、英利がどうしても結衣の育った場所にあいさつに行きたいと言って譲らなかった。

駅に向かって歩き出した英利を、結衣が「ごめん」と引きとめる。

「私、行きたいところあるんだ」

結衣が向かったのは、もちろんタバコ屋だ。四百九十円を、お釣りなくぴったり封筒に入れて持ってきている。

通学路を学校に向かって歩くと、小さな十字路に出た。タバコ屋へ行く前に、人影がないかあたりを見回した場所。手前の塀がきれいに塗り替えられている、と思いながら、結衣はその角を右へ曲がった。

しかし、そこで結衣は立ちすくんだ。

タバコ屋があるはずの奥の角に見えるのは、小さな駐車場を備えたコンビニだった。

後ろからついてきていた英利が、「ちょうどよかった」と結衣を追い越していく。

「緊張でのどカラカラだよ。結衣はなんかいる？」

「……私はいい」

結衣は立ちすくんだままつぶやいた。

タバコ屋は、それが入っていた建物ごと跡形もなくなっていた。その場所に建つ、見慣れたチェーンのコンビニに、何も知らない英利が入っていく。

すっぽりと店に収まるようにして店番をしていたおばあさんの姿が浮かんだ。

おばあさんと話をしたのは、結局あの四十九日の間だけだった。それでも、はっきりと思い出すことができる。への字の口も、しわがれた声も、時々見せる温かい視線も。意地悪に見えた笑顔の意味だって、今なら分かった。おばあさんは、励まそうとしてくれていたのだ。慣れないせいでぎくしゃくとした笑顔を結衣に向けて。

おばあさんに会いたかった。話したいことがたくさんあった。

コンビニの駐車場の隅に、肩身が狭そうに立っている黄緑色の公衆電話が目に入った。結衣は懐かしさを抑えられず、吸い寄せられるように近づいていった。

お財布から十円玉を取り出し、そっとコインの投入口に入れる。1、1、7。ゆっくりとその数字を押すと、わずかな緊張と期待が交じったあの頃の気持ちが胸によみがえるようだった。

「午後、二時、二十八分、三十秒をお知らせします」

淡々と知らせるアナウンスにさえも、「お久しぶりです」と声をかけたくなってしまう。

結衣はじっと、流れる時報を聞いていた。

その時だった。時報にざらりと雑音が交じった。

そしてそれに重なって、声が聞こえたような気がした。

――あんたにだっていつか必ず現れる。心と心で、つながる人がさ。

いつも以上に不機嫌で早口だった、あの日のおばあさんの言葉。これまで幾度となく思い出してきた。この言葉だけは信じられる自分でいたいと、願ってきた。

雑音は、その声が空耳かどうかを考える余裕もないほど、一瞬だった。

結衣の頭の中には、一つの言葉が浮かんでいた。両想い。結衣は自分で想い浮かべたその言葉に、小さく笑う。いつも不機嫌だったおばあさんには、あまりにも似合わない。それでも、結衣は確信していた。きっとおばあさんもどこかで、結衣を気にかけてくれているのだ、と。

それなら、この言葉も届くだろうか。

結衣は受話器を握りしめたまま頭を下げた。

「おばあちゃん、ありがとう」

四百九十円の入った封筒が、結衣の手の中でちゃりんと音を立てる。今日も空はあの日のように、青く澄みきっていた。

孫の顔

十一月の第三日曜日、父親参観日の算数の授業が始まったときから、その男の子はちらちらとこっちを見ていた。教室の一番後ろに座った坊主頭で、周りの子より縦にも横にもひと回り大きな体格の子だ。

俺は小さな町の一角で、家内のひろ子と床屋を営んでいる。朝一で来た客の、白髪染めのにおいでも残っているだろうか。そう思って、俺はそっと手のにおいを嗅いだ。

「じゃ、この問題、できる人！」

浅井という若い女教諭が呼びかけると、「はい！」「はい！」とたくさんの小さな手が挙がった。まるで裏の山の紅葉《もみじ》のようだ。

小柄なまりあも立ち上がりそうな勢いで、背伸びをして手を挙げていた。七歳になったまりあはお洒落《しゃれ》心も芽生えてきて、最近は毎朝ひろ子に「髪の毛、二つに分けておだんごにして」とせがんでいる。しかしまだ肩に届かない長さの髪は、まとめても団子というより苺のようだ。

背伸びをするたびに上下する二つの苺を見て、俺は思わずふふと笑った。

「ハイハイハイハイ！」

と、意外なことにさっきの坊主も手を挙げた。体が大きいから腕も長く手のひらも大きく、ひときわ目立つ。

浅井教諭は坊主を見て、あらっという顔をした。やはり坊主が手を挙げるのは珍しいことなのだろう。

「じゃ、大野くん！」

「ハイ！」

大野坊主は立ち上がり、ニッと歯を見せて笑った。いたずらっ子特有の表情だ。そしてくるりと振り返ると、ソーセージのような指をまっすぐ俺に向けた。

「あのじいちゃんは、誰の父ちゃんですか？」


「それで、怒鳴っちゃったんですか……」

夕食の食卓ですきやきの肉を煮ながら、ひろ子が言った。

「当然だろう。無礼にもほどがある」

「だからって、こども相手に……」

ひろ子は言っても無駄だと察したのか、あとの言葉をまるごと呑みこんでフーッと大きなため息にかえた。

「フン」俺は甘辛く煮た肉にたっぷり卵を絡めて、口に運んだ。

——確かに二十代三十代の父親たちの中で、還暦を迎えた俺は明らかに異質だった。

だからといって、笑いものにされる覚えはない。小学一年生のこどもたちに「あははは！」と笑われ、教室の後ろにずらりと並んだ父親たちに失笑され、調子に乗った大野坊主が「じ・い・ちゃん！　じ・い・ちゃん！」と音頭《おんど》をとり始めたところで、耐えきれなくなった。

「失敬な！　おまえ、どこのクソ坊主だ！」

腹の底から怒鳴った。自慢じゃないが俺は、町内大声コンテストで十年連続優勝している。教室の空気がびりびりと震え、一瞬しんと静かになった。

大野坊主の顔はみるみる崩れ、ものの三秒でわあわあと泣き出した。もう少し骨のあるやつかと思ったが。

他のこどもたちも騒ぎ出した。大野坊主の泣き声に驚いて泣き出す子までいた。「みんな、落ち着いて！　静かにして！」という浅井教諭の声はかき消され、教室はてんやわんや。

父親たちに非難の目を向けられて、俺は不本意ながらも教室をあとにしたのだ——。

久しぶりに腹を立てたせいか、無性に腹が減っていた。次々と肉に箸を伸ばしていると、ひろ子が「あなたはこっち」と菜箸で野菜を寄せてきた。血圧が高いことを医者から注意されているのだ。かわりに「まあちゃん、どんどん食べてね」と、まりあの器に肉を入れる。

「おばあちゃん、大野くんね、四年生にお兄ちゃんがいるからっていばってて、いつもまりあに意地悪するの。今日だっておじいちゃんがまりあのおじいちゃんだって知ってて、あんなふうに言ったんだよ。だからおじいちゃんが怒ってくれて、まりあ、すごーく嬉しかった」

舌足らずに言い、俺のほうを向いて「おじいちゃん、ありがと」と笑うまりあの顔を見て、ふうわりと胸があたたかくなった。俺がこどものころ、そして娘の亜希《あき》がこどものころと同じように、まりあは笑うと右頬に片えくぼができるのだ。

「うむ」頷いて、俺は葱を食べた。すると燃えるように熱くなっていた葱の中心部が舌の上にピュッと飛び出して、俺は高い声をあげそうになった。

祖父の威厳を守るため、必死に堪えた。

＊

最近では「できちゃった結婚」のことを「おめでた婚」とか「授《さず》かり婚」とかいうらしい。

「できちゃった結婚」という言葉は〝できちゃったから結婚する〟という否定的なニュアンス

を含むからだそうだ。

体裁《ていさい》を気にしてどう呼ぼうが、実際〝できちゃったから結婚する〟例は少なくないだろう。

恥ずかしながら、亜希もその一人だった。

亜希は高校を卒業した後、「悪いけど、私は床屋なんて継がないよ」と言って、進学も、かといって就職もせず、居酒屋でアルバイトをしていた。相手はその店の客で、松田というまだ二十二歳のサラリーマンだった。

松田が家を訪ねてきたのは、灰色の空から初雪が降った十一月の日曜日だった。居間のテーブル越しに並んで座った亜希と松田から妊娠と結婚の報告を受けて、俺は大声で怒鳴りつけた。

「順番が違うだろう！」

「二人とも若すぎる！」

「ちゃんと生活していけるのか！」

「こどもがこどもを育てられるのか！」

ひろ子は前もって亜希から話を聞いていたらしく、「そうは言っても、お腹の子は毎日育っているんですよ」となだめ役にまわった。まったく女親というのは、なんと冷静に正論を唱えることか。

俺だって、妊娠三ヶ月の子の命をどうこうなどということは微塵《みじん》も考えていなかった。ただ、若いうえに出会って間もないという二人の結婚は心配だった。自分が三十代半ばでようやく恵まれた一人娘が、十九歳で婚前妊娠というのもショックだった。初孫にもかかわらず、そうした手放しで喜べない状況になってしまったことが、残念でならなかった。文句のひとつも言わずにはいられなかったのだ。

亜希の腹はみるみる大きくなり、それが目立たないデザインのドレスを着て、式が執《と》り行われた。この家から車で十分ほどのアパートで若夫婦二人の暮らしが始まり、無事にこどもも産まれた。結婚式の費用、アパートの敷金礼金、出産費用。若い二人に貯金などあるはずもなく、高校生の次男がいながらリストラに遭ったばかりという松田の親もあてにはできず、祝儀《しゅうぎ》だと思ってすべてこちらで用意した。

こどもに「まりあ」という大仰《おおぎょう》な名前をつけたのにはのけぞったが、夫婦で話し合って決めたことだろうから何も言わなかった(とはいえ抵抗感はいまだに抜けず、俺は普段あまりまりあの名前を呼ばない。ひろ子は「まあちゃん」と呼んでいる)。家族三人が仲良く、幸せに暮らしていけさえすればそれでいい。そう願っていた。

けれど、その願いは叶えられなかった。亜希と松田の結婚生活はたったの三年で破綻《はたん》し、亜希はまりあを連れて家に帰ってきた。

それみたことかと怒鳴り散らす俺に、ひろ子は「そうはいっても、寝食《しんしょく》困っている娘と孫を、放り出すわけにはいかないでしょう」と、また冷静に正論を唱えた。

そんなことはわかっている。嫁に行こうが何歳になろうが娘は娘だ。そして無条件に孫は孫だ。ただ、離婚もシングルマザーも珍しくない時代とはいえ、安穏《あんのん》と暮らしていける世の中でもない。

「これからどうやって生きていくか、ちゃんと考えろ」

「おまえももうこどもじゃない。それどころか、こどももいるんだ。自分の力で生きていけるようになれ」

何度も話し合った結果、亜希は美容師の専門学校に入った。

「資格を取って、働きながらまりあを育てていく」

俺の目を見てそう誓った娘を信じ、その地盤が固まるまでは支援しようと決めた。

専門学校の入学金も授業料も、惜しみなく払った。ひろ子も亜希にかわって、まりあの世話をした。いずれまりあが大きくなって今の店舗兼自宅が手狭になったら、横の広すぎる駐車場の一部を潰して家を建ててもいい。俺とひろ子が引退した後は、店も亜希が望むような今風の美容院に改装すればいいだろう。夫婦でそんなことまで話していた。

正直言って、少し浮かれていた。紆余曲折はあったものの、娘が美容師という道を選んだのは、床屋の親父として嬉しかった。そして「おじいちゃん！　おばあちゃん！」と慕ってくれる孫との生活は、まるで家の中心に白く艶《つや》やかな花が咲いたように、明るくみずみずしいものだったのだ。

それが、一年ほど経ったある雨の日。丸文字で書かれた置き手紙を一枚残して、亜希はいなくなった。

『お父さん、お母さん、ごめんなさい。亜希は大好きな人と生きていきます。探さないでください。まりあをお願いします』

「は……」

短い文章を、何度も何度も読み返した。読み間違いであってほしかった。

慌てて亜希の携帯に電話をかけたが、当然のように繋がらない。専門学校で亜希と親しくしてくれていた子に電話して「何か知らないか」と聞くと、彼女は申し訳なさそうにおずおずと教えてくれた。

「講師で来ていた東京のスタイリストと、付き合っていたみたいです。奥さんのいる人なので、やめたほうがいい、って言ったんですけど……」

「……」

気の短い俺も楽天的なひろ子も、さすがに落胆した。俺たちの育て方が悪かったのだろうか。遅くにできたこどもで、一人娘で、甘やかして育ててしまったのだろうか……。

「おじいちゃん！　おばあちゃん！　来てー！」

何も知らないまりあが、無邪気に声をあげていた。

声の方向に行くと、まりあは店の外に出ていた。俺たちを振り返り、笑顔で「ほら！」と空を指さす。その先には、

「……おお」

雨上がりの薄水色の空に、大きな虹が架《か》かっていた。

綺麗だった。虹など見たのは何年ぶり、いや何十年ぶりだっただろう。店仕事をしているためもあるが、そもそも大人になると、空を見上げること自体減るような気がする。

「ママも見てるかなぁ！　見てるといいなぁ！」

まりあは目を輝かせてそう言い、「ね！」と同意を求めてきた。

「……うん。そうだな。見てるといいな」

明るく優しく、すこやかに成長しているまりあの姿に、じんと目頭《めがしら》が熱くなった。けれど泣いている場合ではない、と気を引き締めた。

俺たちは亜希を探さなかった。とっくに成人した娘だ。遅すぎる子離れかもしれなかった。ただ、まりあには何の非も、ましてや罪もない。俺たちは無責任な母親にかわり、祖父として祖母として、まりあを育てていこうと決めたのだ。

＊

参観日があった週の金曜日、「昼過ぎには雪になるでしょう」という予報通りに、今年初めての雪が降り始めた。

冬支度に忙しく、また急激に寒くなった気候に慣れない人々は、散髪になど来ないものだ。店には閑古鳥《かんこ》が鳴いていた。

「あら。まあちゃん忘れて行っちゃったんだわ」

見ると、ひろ子が用意しておいた毛糸の帽子と手袋が、玄関の靴箱の上にちょこんと載っていた。

まりあは少々忘れっぽいところがある。夏には意気揚々と水泳バッグを持ち、ランドセルを忘れて行ったこともあるくらいだ。

予約帳をめくる。今日は午後の予約も、ひろ子が担当のパーマの客が一件入っているだけだ。

俺はまりあを迎えに行ってやることにした。

「大丈夫ですか」ひろ子が眉をひそめて言う。

「何がだ？」

「何かあっても、参観日のときのような大人気《おとなげ》ない真似はやめてくださいね。あとでいやな思いをするのは、まあちゃんなんですから」

「フン」

「ましてや人様のこどもに手を上げるなんて、もってのほかですよ。今の時代は……」

「そんなことするわけないだろう！」

俺はまりあの帽子と手袋をつかみ、逃げるように家を出た。まったくひろ子ときたら、年をとるごとに口うるさくなってくる。時代についてまで説き始めたか。

「……」

通学路を歩きながらちらちら舞う白いものを見ていると、感傷的な気持ちになってきた。何年経っても初雪が降ると、松田が訪ねてきた日のことを思い出してしまう。「こどもがこどもを育てられるのか！」と怒鳴った喉の痛みも、ありありとよみがえる……。

「……ん？」

学校近くの公園にまりあの姿を見つけて、俺は足を止めた。

滑り台の前で、二人の男の子に何か言われている。一人は例の大野坊主で、もう一人は大野坊主をさらに縦横ふた回り大きくしたような坊主頭だ。そういえば四年生の兄がいるのだったか。

兄らしき坊主は大きな声で、得意げに言い放った。

「おまえの父ちゃんと母ちゃん、できちゃった結婚なんだってな。おまえができちゃったから、しょうがなく結婚したんだな」

残酷な発言に愕《がく》然とした。小学生がそんなことを言うなんて。

小さな町なので、家庭の事情など筒抜けだ。おそらく大野家の大人が、そういった話をしているのだろう。人の口に蓋はできない。残念だが、仕方のないことだ。

しかし、それをまりあに言うことはないではないか。幼いこどもの心を傷つけることはないではないか。

はっとひろ子の言葉を思い出した。

「あとでいやな思いをするのは、まあちゃんなんですから」

……まさか、弟が俺に泣かされた仕返しのつもりか？　卑劣な！

とはいえ、ここで俺が怒りにまかせてゲンコツでもしようものなら、あとでまたまりあがいじめられるのだろうか……？

「違うもん！」まりあは目に涙を浮かべて、大野兄に言い返した。

しかし大野兄は、さらに小憎《こにく》らしく唇を突き出して言った。

「ちーがーいーまーせーんー。だから父ちゃんも母ちゃんもいなくなって、じいちゃんとばあちゃんの家にいるんだろ」

「……」

「おまえが産まれたって、誰も嬉しくなんかなかったんだ！」

そう言われて、まりあは泣きながら大野兄につかみかかった。

不意打ちに、体の大きな大野兄も一瞬ぐらついた。が、次の瞬間には「何すんだよ！」と、虫でも払うようにまりあを突き飛ばした。

まりあはうっすら積もった雪の上にべしゃんとしりもちをついた。

「へへーん！　ちびまりあが兄ちゃんにかなうわけないだろ！」

大野弟はそう言って笑い、足元の雪を丸めてまりあに投げつけた。

雪玉はまりあの右耳の上に当たり、苺型に結った髪がはらりとほどけた。

——ブチン。

頭の中で音がした。堪忍袋《かんにんぶくろ》の緒が切れた音だ。

俺は拳《こぶし》を握ってつかつか歩み寄った。「誰？」と眉を寄せた大野兄と「ああっ、出た！」と兄の後ろに隠れようとした大野弟に、続けてゴン！　ゴン！　とゲンコツした。

大野弟はまたあっという間にわあわあ泣き出した。

「まりあ、大丈夫か」

ぽかんと口を開けているまりあをおぶうと、その小さな体はすっかり冷えていた。俺の体が怒りに燃えていて、よけいそう感じたのかもしれないが。

「ふざけんなよ、クソじじい！」

尖った声に振り返ると、大野兄が真っ赤な目で俺を睨んでいた。ほう。兄貴だけあって、どうやら少しは骨があるようだ。

俺はかがんで大野兄の目線に合わせ、その敵意に満ちた目を正面から見て言った。

「いいか、よく聞け。孫の顔が見られて、嬉しくないじじいなんかいないんだ。俺だってそりゃあもう、嬉しくて嬉しくて」

――まりあが産まれた日のことを思い出す。

若い二人の生活の不安、一人娘の婚前妊娠の情けなさ……、それまで抱いていたそんなものたちは、産まれた孫の真っ赤でクシャクシャな顔を見たら、どこか遠くへ吹っ飛んだ。

「産まれてきてくれてありがとう」と言いたくてたまらなかった。でも少しでも声を出したら、そのまま泣き叫んでしまいそうだった。祖父の威厳を守るため、必死に堪えたのだ。

けれど本当は、本当は――

「俺はもうこれで死んでもいいかと思うくらい、最高に嬉しかったんだ」

「……」

俺はすううとひとつ、大きく息を吸いこんだ。

「でも俺は死なないぞ!! まりあが成人するまでは、何があったって育ててやる!! 助けてやる!! 守ってやるんだ!! いいか、これからうちのまりあに、指一本でも触れてみろ!! またいつだってどこだって、俺は飛んできてやるからな!!」

言い終えて深く吐いた息が白く細かな粒子となって、しんしんと降る雪に溶けていった。

ガラガラ、ガラガラと音がする。町中に響き渡りそうな俺の怒鳴り声に、近くの住民が何ごとかと窓を開けて顔を出していた。玄関から飛び出してくる者までいた。

大野兄は俺の剣幕《けんまく》に気圧《けお》されたらしく、泣きそうになりながら、うんうん、うんうんと何度も頷いた。


キュッ、キュッ、キュッ、キュッ……。

家までの雪道を、黙って静かに歩いた。

もう決して軽くはない、けれどその成長が嬉しい、まりあの重みを背中に感じながら。

キュッ、キュッ、キュッ、キュッ……。

新しい雪の上を、慎重に、一歩一歩踏みしめて歩く。

滑らないように。

転ばないように。

背中のまりあが安心して、空を、雪を、眺めていられるように……。

家の前まで来ると寒さで頭も冷え、ひろ子の呆れ顔が目に浮かんで、ああまたやってしまった、と額を打った。ピシャリと小気味《こきみ》よい音がする。

「うふふ」背中で笑ったまりあが、俺の顔を覗きこんできた。いつもの明るいまりあの表情だ。

「またおばあちゃんに叱られちゃうかな。でもおじいちゃん、かっこよかったよ。それに、まりあ嬉しかった。すごくすごく嬉しかった」

「……」

「えーっと、うーんと……、ありがと!」

少ない語彙では思いを伝えきれず、言葉を補うように、まりあは俺の硬い頬にちゅっと口づけた。

「……」

俺のほうこそ。

「ありがとう、まりあ」

ありがとう。

産まれてきてくれて、ありがとう――。

七年越しで、ようやく伝えられた。けれどその言葉は、まりあの「あっ！　おじいちゃん！明日、かまくら作れるかな！」という無邪気な声にかき消されてしまった。

少し拍子抜けする。同時に幸せな照れくささを感じながら、まりあの視線の先を見た。初雪にもかかわらず雪はどんどん強くなっていて、駐車場には既に二センチほども積もっている。

「かまくらか」亜希とまりあのために家を建ててもいい、と考えていた場所だったので、思わずふふと笑ってしまった。

つられて笑ったまりあの右頬に、片えくぼができた。俺から亜希へ、亜希からまりあへと引き継がれた、いとおしい家族の証。

……ふと、亜希もどこかで元気に、笑って暮らしているだろうか、と思う。そうであってほしい、と願う。

でももしも、もしもそうでないのなら……、いつだって帰ってくればいい。俺のことだから、多少は怒鳴ってしまうかもしれないけれど。

「おじいちゃん、かまくらー」

返事を催促して俺の背中を揺さぶるまりあに、力強く答えた。

「作れるさ！　大きなかまくらを作ろう！」

そうだ。もしも亜希が帰ってきてもみんな一緒に入れるくらい、大きな大きなかまくらを作ろう。

合鍵

今日も母さんが来たんだな――玄関のドアを開けて、俺は溜息をついた。

靴箱の上に飾られていた花が新しくなっている。今朝出る時は弱りかけていたあじさいが、ユリに変わっていた。もちろん、靴箱の上の埃はきれいに拭きとられている。三和土《たたき》の隅の小さな綿ぼこりもなくなっていた。

玄関だけでなく、リビングも寝室も子ども部屋も、きっときれいになっているに違いない。キッチンを覗いたが、澄子《すみこ》はいなかった。そして、朝は曇っていたシンクや、煮物の拭きこぼれがこびりついていたガスレンジがピカピカに光っていた。きれいになったキッチンは気持ちがいいが、「また余計なことして――」と腹が立った。

今朝、澄子が言ったばかりだったのだ。「あなた。今度の土日、たまってる洗濯とお掃除するから手伝ってね」と。娘の理香《りか》も「私もやる！　みんなでやったら早いもんね」そう言ってくれたのに。「よし、日曜日は晴れるみたいだから布団も干すか」と俺も張り切っていたのに。

ちょうど今の時期、俺は決算発表の準備中、中学教師の澄子は通知表つけに忙殺されていて、帰宅はいつも夜遅い。冷蔵庫に貼ってある家族の予定表は、残業予定のオンパレードだ。そんな状況だから、平日は家事をする余裕があまりない。

家事をするだけで終わる週末というのはちょっと情けないし、娘をどこにも連れて行ってやれず申し訳なく思うけれど、理香は忙しい両親をちゃんと理解してくれている。

それに、家族三人でわぁわぁ騒ぎながらやる家事は、レクリエーションみたいで意外と楽しいのだ。その楽しみを勝手に奪われ、疲れていたせいもあって俺は少し苛立っていた。

キッチンカウンターに置かれた小さなカゴに目がいった瞬間、母さんに電話をしよう、と決心がついた。カゴには俺と澄子が飲んでいるサプリメントや薬がまとめてある。今まで市販薬だった澄子の胃薬が、いつの間にか病院で処方されたものに変わっていた。

聞かなくても原因はわかっている。母さんのせいだ。

母さんはまだ起きているはずだ。俺はキッチンにある電話の子機を取りあげた。

今日こそ言おう。うちに合鍵で入るの、やめてくれないかな、と。

決心してかけたはずなのに、「ああ、光弘《みつひろ》、今帰ったの？　相変わらず遅いんだねぇ」という陽気な声を聞いた途端、気持ちが萎《な》えてしまった。

「今日、うちに来たんだろ？」と固い口調で聞いたけれど、「そう、行った行った！　あ、鍋に筑前煮も作っといたからね」と楽しそうに言われ、「え、そうなんだ。助かるよ」と、また来てくれと言わんばかりの返事をしてしまった。

また言えなかった——俺は暗い気持ちで電話を切った。子どもの頃ならいざ知らず、もうじき四十歳になろうとしている男が、母親にガツンと言えないのは情けない。

母さんに合鍵を渡したのは今年の四月のことだ。

理香が小学四年生になり、学童保育にもお願いができなくなった。夫婦で相談した結果、理香にも鍵を持たせることになったのだ。俺も澄子も娘を一人で留守番させることが不安で、「大丈夫か、大丈夫か?」と馬鹿みたいに繰り返し聞いたけれど、鍵をぶら下げるために、かわいいネックストラップを買ってもらって大喜びの理香は「だいじょうぶ、だいじょうぶ。まかしといて」とそのたびに笑った。

それでも何かあった時のためにと、スープの冷めない距離に住んでいる俺の母親に、合鍵を預けた。

「万が一のために持っててもらうだけだから」そう言って渡したのだが、結局、万が一でもないのに使われるハメになってしまった。

その日の朝はいつにもまして忙しかった。理香の宿題に親からの一言が必要だったからだ。

澄子はパンをかじりながら、俺はネクタイを結びながら理香の音読を聞き、その感想を書いた。

いつもより早く起きたつもりだったが、結局、パジャマは脱ぎ散らかしたまま、布団も敷きっぱなし、食器を洗う暇もなく、洗濯ものは干しきれなくて洗濯機に残ったままになってしまった。

「帰ってからやればいいよね」と時計を見ながら言う澄子に、俺も「いいよ、いいよ。死にゃしないし」と笑った。だから、惨状を放置したまま、みんなで家を飛び出した。

帰宅したら、そのすべてが片づけられていた。先に帰っていた妻に「一人で片づけたのか？　すごいなぁ」と感心したら、憂鬱そうに首を振られた。

「お義母さんよ。帰ってきたら全部——お布団も汚れた食器も干せなかった洗濯ものも——片づけてあった」

「母さんかぁ……なんでまた、いきなり合鍵使って入ったんだろ？」何気なく呟いた俺に、澄子が「私に聞いたって知らないわよ！」とキツイ口調で返してきた。

なんだ、その言い方、とムッとしたが、澄子は頭を抱えて呻いた。

「もう、やだ、死んじゃいたいぐらい恥ずかしい——」

嫁として、姑にだらしない状態を見られたことは堪らなく嫌なのだと、妻は泣きそうだった。

「でも、俺の親だぜ？　赤の他人じゃないんだから——」

「だから、嫌なのよ！　ダメな嫁だなんて、思われたくないもの！」

ヒステリックになっている妻に、俺は「これぐらいでダメな嫁なんて思わないよ。気にするなよ」と何度も繰り返すしかなかった。

澄子が風呂に入っている隙に、こっそり実家に電話をした。こちらが文句を言う前に母さんのマシンガントークが始まった。

「光弘、合鍵使ったよ。理香の髪の毛の結び方がこの頃、雑だろ。それに最近、洗濯ものをベランダに干してないからさ、ああ、こりゃアンタも澄子さんも忙しいんだろうなって思ってね。合鍵は貰ってるし、少しだけでも手伝ってあげようと思ってさ。猫の手よりはアタシの手ってね」と妙に生き生きとした口調で言われた。

「理香は最近、髪の毛は自分で結ぶって頑張ってるから、下手なのは仕方ないだろ。――それにしてもベランダなんかよく見てるな」少し驚いた。うちは十階建てマンションの五階だ。ベランダの様子など、目をこらしてもわからないはずなのに、と呆れていると、「家の外からでも十分、中のことは分かるもんなんだよ」と少し威張ったように返された。

「澄子さんにも言っといておくれ。忙しい人が、忙しくない人に助けてもらうのは悪いことじゃないからね。遠慮しなくていいんだよ」母の言葉に思わず頷く。

俺は正直、ちょっと助かった、と思っていた。死にはしないと言ったものの、洗濯ものが放置されていたり、雑然としている家に帰るよりは、きれいでさっぱりしている家に帰るほうが嬉しい。妻にしても帰宅した途端、家事をやらなきゃ、と思うのはストレスだろう。

それに、たまっている家事をやるために週末を使うのは、やはりもったいないと思えたのだ。だが、澄子はそうではなかった。いつ母さんが合鍵を使って入ってくるか分からないからと、手抜きがしづらくなった。妻にしてみれば、姑の抜き打ち検査にしか思えないらしい。

だから、どんなに仕事が忙しくても、どれだけ遅く帰宅しても、澄子は家事をできるだけこなすようになった。俺もそんな妻のそばではくつろぐのもままならず、言い争いが増えた。

「仕事で疲れてるんだから、のんびりすればいいじゃないか」

「あなただけのんびりしてればいいじゃない」

「そうもいかないだろ、周りでバタバタされちゃさ。母さんが手伝ってくれるって言うんだから、やってもらえばいいじゃないか」

「そんなわけにはいかないのよ」

言い争いはいつも平行線だ。そして、今日のように家事が手薄になった日ほど、抜き打ち検査が入るようになった。そのタイミングは絶妙だった。

寝室へ行くと、澄子がぼんやりとベッドに腰掛けていた。帰宅したばかりなのだろう。スーツを着たままだ。

「今日も来たのよね、お義母さん。まるで監視されてるみたい――」疲れた顔で呟く。

「仕方がないよ、母さんは千里眼だから。子どもの頃なんか、うちの母さんは超能力者なのかもしれないって思ったぐらいなんだぜ」

「超能力なんて――冗談を言ってる場合じゃないのよ」と睨む妻に、俺は小学五年の頃の「コロッケ事件」のことを話した。


小学五年の時、クラスの男子の中でタチの悪い遊びが流行ったことがある。商店街にある肉屋さんのコロッケを盗みに行くのだ。

おじいさんとおばあさんがやっていたその店は、油切りのために揚げたメンチカツやコロッケを、コンロの横のバットに立てかけて置く。店先を走り抜けながら、男子たちがその熱々のコロッケを素早く掴《つか》んで逃げる。肉の陳列ケースは背が高いが、コロッケは子どもでも手に届くところにあった。完全に犯罪なのだが、一個三十円という値段のせいか、おじいさんたちが怒らないせいか、子どもたちに罪の意識は薄かった。

見かねた近所の人たちが学校に通報し、全校集会で厳重に注意を受けた。その後、下火にはなったけれど、それでも足の速さと見当外れの勇気を競う遊びはこっそり続いていた。

「まったく、人の物を盗むなんて犯罪なんだからね。おまわりさんに捕まらないとわかんないのかね。食べたけりゃお金を払わなきゃ！」

学校からのお知らせを見た母さんがカンカンに怒るのを見ていたから、俺はその遊びに誘われても断っていた。おかげでクラスメイトからは「いくじなし」「かっこつけやがって」と陰口を叩かれたけれど、そんな遊びに付き合う気にはなれなかった。

ただ、肉屋さんの前を通りかかるたび、熱々のコロッケには目がいった。母さんが時々買ってきてくれたが、どうしても食べる時には冷めてしまったし、当時やっとうちにも来た電子レンジで温めても、衣がべしゃりとへたってしまった。

あの日は放課後、教室に残ってクリスマス会の準備をしていた。まだ飾り付けが半分も終わっていないのに、気づけば大半の人間が「用事が」「そろばんが」と逃げ出していた。

「男子ってばずるい。私たちだって寒いし、お腹すいたし、帰りたいよねぇ」と女子がぶぅぶう文句を言う中、俺や逃げそこなった男子はチマチマと折り紙で輪飾りをつくっていた。

と、帰ったはずの男子がどやどやと現れた。「差し入れ！」と差し出されたそれは、紙袋に入れられた熱々のコロッケだった。コロッケは二十個近くあった。女子が歓声をあげる。

「どうしたんだよ、これ」と目を丸くして聞くと、男子たちは涼しい顔で言った。

「先生がお金くれたんだ。買ってきて、みんなで食べなさいって」

それを聞いた俺たちは、熱々のコロッケに我先にと手を伸ばした。カラッと揚がった衣は家で食べる時とは違い、サクサクしていて美味しかった。

食べ終わった頃、男子の一人が言った。「なーんて、うっそ!」

俺や女子たちは何のことか分からず、顔を見合わせた。男子たちはゲラゲラ笑いながら説明してくれた。

コロッケは買ったものではなく、盗《と》ってきたものだったのだ。彼らは、ノートを手に「お肉屋さんの仕事について調べてるんです」とおじいさんたちの気を引くグループと、ごっそりコロッケを持ちだすグループに分かれて、店の紙袋までいただいてきたのだ。

「アンタたちバカじゃないの」とか「行ってお金はらってきなさいよ」などと騒いだ女子たちは、「おまえらだって食べただろ。みんな共犯なんだからな。先生に言うなよ」と言い返され、黙ってしまった。

気まずい雰囲気のまま、クリスマス会の準備を終えて、俺たちは帰宅した。

準備をしている時も帰り道も、俺は真っ青だったと思う。ぼくも共犯なんだ。おまわりさんに捕まるんだ。そのことばかり考えていた。

どうしよう。どうしたらいいんだろう。バレたらきっとおまわりさんに連れて行かれる。そうなったらきっと、母さんや父さんは悲しむだろう。二度と家に帰れなくなるかもしれない。

盗んだコロッケを食べたことは絶対にバレないようにしなければ、と緊張しながら家に帰った。だから、母さんに「今日、学校どうだった?」と聞かれても生返事で、そそくさと宿題に集中するフリをした。

家族そろっての夕食では箸が全然進まなかった。気もそぞろだったこともあるし、コロッケが意外と腹もちが良かったせいもある。

「どうした、光弘。好きだろ、ハンバーグ」父さんに聞かれて、慌てて「うん、好きだよ」と食べるが、どうしても箸が止まりがちになる。

父さんがにやりと笑った。「ははーん。さては買い食いしたな」

「し、してないよ。お金、学校に持ってっちゃダメなんだもん」

早く食べて、ここから逃げ出そう。必死でご飯をかきこむ俺に、母さんがぽつりと呟いた。

「コロッケ」

心臓が口から飛び出しそうになった。口をパクパクさせる俺をじっと見つめて、母さんは「コロッケ食べたから、お腹いっぱいなんだろ」と続けた。

どうして知ってるんだろう。誰かから聞いたんだろうか。パニックになる俺に、母さんが苦笑した。「セーターの袖のところ。コロッケの衣がついてるよ」

ハッとして目を落とす。確かにセーターの袖口に埋まるようにして、コロッケの衣のカケラが二つ、くっついていた。パッと見ただけではわからない。こんな小さなものさえ見逃さなかった母さんに、恐怖すら感じた。

もうダメだ。母さんには隠しごとはできない。俺は観念して、茶碗と箸を置いて俯いた。

「――ごめんなさい。クラスの子たちが盗ってきたコロッケ、食べちゃった――」


「お義母さんらしいわね」話を聞き終えた澄子が溜息をついて、苦笑した。

「昔から何でもお見通しなんだ。今日みたいな日は運が悪かったって思うしかないよ」

とは言うものの、俺もさすがにやり過ぎだ、と思うようになっていた。

家の中なんて散らかっていたって誰も困らない。それより、「疲れたなぁ」って愚痴を言いながら、だらだらしたい。土日にわぁわぁ騒ぎながら家族で家事をやっつけたい。

ああ、合鍵なんか渡さなければよかった。

今日のように抜き打ち検査が入るたびに、俺と澄子は後悔した。


母さんに言わなければ。そう思いつつ、なかなか言えなかったある日、俺は珍しく定時退社した。夏とはいえ、まだ日が高いうちに帰るなんて何年ぶりだろう。よし、澄子が帰る前に風呂とトイレを掃除しておいてやろう、と俺の足取りは軽かった。

帰宅したら、玄関に理香のものではない運動靴が二つ並んでいた。

いつもは夜遅いから、娘の友達が遊びに来ても会うことはない。俺は慌てて、緩めていたネクタイを締め直した。「理香ちゃんのお父さん、イマイチだね」などと言われたくはなかった。挨拶をした後でケーキでも買いに行ってやるかなと思ったら、奥から二人の女の子がふくれっ面で出てきた。俺に挨拶もせず、「きもいババア。サイテー」と捨て台詞を吐いて出て行った。

それを聞いてやっと三和土の隅にある母さんの靴にも気づいた。母さんが子どもたちに何か言ったのだ。

慌ててリビングに行くと、そこには鼻息荒くゲーム機を片づける母と、泣きながら宿題をしている理香がいた。

そうだった。こういう母親なのだ。

「おまえの母ちゃん、マシンガン」子どもの頃、よくそうからかわれた。母さんには自分の子どもも、他人の子どもも関係なかった。悪いことはいつでもどこでも、その場で叱り飛ばされた。

例の肉屋さんのコロッケもそうだった。何度かコロッケを盗む現場に居合わせた母は、子どもたちをこっぴどく叱りつけてた。

友達が自分の母親に叱りつけられている時の、あの居たたまれなさが蘇ってくる。友達の、なんでおまえの母ちゃんに叱られなきゃいけないんだよ、という不愉快そうな顔。母さんのせいで、これから仲間に入れて貰えなかったらどうしよう、と焦る気持ち。

理香も子どもの頃の俺のように、居たたまれなかっただろう。そう思ったら、ずっと言えなかった言葉が口をついて出た。

「もう合鍵使ってうちに来るの、やめてくれよ。やり過ぎなんだよ」

母さんは俺のほうを見た。何言ってるんだい、アンタたちを助けてやってるんじゃないか、といつものマシンガントークがさく裂すると覚悟したが、母さんは深呼吸を一つして言った。

「わかった。もう来ないよ」

拍子抜けした俺に合鍵を渡し、リビングから出ようとした時、母さんが振り返った。

「光弘。子ども部屋の掃除をしておやり」理香の背中がびくっと震えた。

俺は唇を噛んだ。恐らく、「こんなに散らかして！　きちんとしなさい」と叱られたんだろう。子ども部屋なんだ、少しぐらい散らかってたっていいじゃないか。

乱れた字で宿題をこなしている理香の背中を、俺は優しく叩いた。

母さんは来なくなった。

部屋は散らかったし、洗濯ものはたまったが、帰宅してドアを開ける時に母さんの痕跡を探して緊張することもなくなったし、澄子の胃痛も治まってきたようだった。なにより、家が安らげた。夫婦の言い争いもなくなった。

理香の友達も、叱られたことを気にしていないようだった。気まずくなったらかわいそうだ、と心配していたが、そんなこともなく、また我が家に遊びに来るようになった。

俺や澄子が帰宅すると、「おじゃましましたぁ」と元気な挨拶を残して帰って行く。二人ともうちと同じマンションに住んでいるらしい。

「でも、最近ちょっと遅くまでい過ぎじゃないかなぁ」と呟いた俺に、「あの子たちのパパとママも共働きらしいわよ」と澄子が言った。

もうパジャマに着替えている理香は、遅い夕食をとる俺たちと少しでも話したいらしく、傍でホットミルクをちびちび飲んでいた。

「そうなのか?」と聞くと、うん、と理香が小さく頷く。

「そっか。じゃあ、遅くまでうちにいても問題はないんだな。いや、三人で一緒にいたほうが安心かもしれないな。——うーん、でも子どもだけだからなぁ。理香、大丈夫か?」

理香は俺と澄子の顔を見比べ、「だいじょうぶだよ」と言って、立ち上がった。「——もうねるね。おやすみなさい」

ミルクは飲みきれなかったらしく、カップに半分ほど残っていた。

「女の子ねぇ。パジャマに着替えたのに、まだああやって髪の毛結んでるんだもの」

娘の後ろ姿を見送って、妻が微笑んだ。

母さんが来なくなったせいか、理香の友達は毎日のように家《うち》に来るようになった。顔見知りになった俺が、「理香とこれからも仲良く頼むね」と声をかけると、二人は顔を見合わせて、クスクスと肘でつつき合いながら笑った。

変なことを言ったかな、と慌てていると、「はぁい、もちろんでぇす」と大人顔負けの返事をして帰って行った。高学年にもなると、女の子はしっかりしたものだと俺は苦笑した。

オシャレにも気をつかうお年頃らしい。理香も、やたらと鏡を見る回数が増え、朝も時間をかけて髪を結んでいる。まだ少しチグハグな結び方だが、今の子はそれがオシャレなのかもしれないと、俺も妻もあえて直さなかった。


そんなふうに、毎日は穏やかに過ぎて行った。そして、よく晴れた週末、俺たちはいつものように家族三人で大掃除にかかっていた。全ての部屋の窓を開け放つ。風はないが、爽快だった。澄子も洗ったばかりのシーツをベランダで干している。

「せっかくだから、ついでに網戸も洗おうかな」リビングからベランダに出てそう言うと、

「洗って洗って！」と妻が嬉しそうに言った。

我が家のベランダは南向きで広い。夫婦の寝室、リビング、子ども部屋がすべてベランダに面しているから、昼間はどの部屋も灯りをつけなくてもいいぐらいだ。

ベランダ伝いに一番端の子ども部屋まで行くと、俺は網戸を外した。外した後の窓の桟《さん》に、埃の吹きだまりができている。真っ黒で量も多い。

「うわ、いつの間にこんなに——」風が吹いて部屋に埃が入る前にと、大急ぎで俺は固まった埃を指でつまみ上げた。だが、つまみ上げたものは埃だけではなかった。つまんだ指先から埃と、そして細かいものがサラサラとベランダに散った。

「え——？」指に残ったものをよく見た。髪の毛だ。髪の毛の切りくずだった。

どうして、こんなものがこんなところに——？

「どうしたの？」シーツを干し終えた澄子が俺の動作を奇妙に思ったらしく、近づいてきた。

光弘。子ども部屋の掃除をしておやり。

母の言葉が頭をよぎる。子ども部屋の掃除を——。

俺は澄子を押しのけるようにして、屋内に戻った。子ども部屋に駆けこむ俺を、リビングでたまった新聞を重ねていた理香が驚いたように見ていた。

子ども部屋の掃除をしておやり——母の言葉が頭の中でぐるぐる回る。

理香の部屋はそれほど散らかってはいない。以前と何も変わったことはなかった。俺同様、窓の桟にたまった髪の毛に気づいた澄子も、外から不安そうに部屋の中を見まわしている。

「どうしたの、いったい……」

俺は黙って首を振ると、押入れに手をかけた。その時、リビングにいたはずの理香が俺の腰にしがみついてきた。

「パパ！　やめてやめて！　そこはぜったい開けないで！」

半泣きのその声にためらったのは一瞬だった。俺は一気に押入れを開けた。

中からは、切られたり、変なふうに縫われたり、クレヨンで「ばか」「ぶす」などと落書きされたぬいぐるみたちが出てきた。どれも理香が子どもの頃から大事にしてきたものだった。

部屋にやってきた澄子が息をのんだ。「ひどい。誰がいったい――」

「理香――これ、どうしたんだ？」

静かに問いかけたが、理香は座りこんでただ泣くばかりだった。

澄子が泣いている娘をそっと抱きしめた。理香の泣き声が大きくなる。抱きしめたまま、そっと髪の毛をほどく。

理香の髪の毛は、内側がバラバラに切られていた。

冷蔵庫に貼ってある家族の予定表で俺たちが遅くなる日を狙って、あの二人は来ていたらしい。そして、好き勝手していた。娘をいじめていた子どもたちにしてみれば、「理香をよろしく」と言う父親はどれだけ滑稽だっただろう。

母さんに合鍵を返してもらった日。あの日も、ゲームをしていたのはあの二人だけで、理香は二人の分まで宿題をやらされていた。

それを母さんに見つかって叱られたのだ。

子ども部屋の掃除をしておやり——母さんは気づいていたのだ。子どもたちが何をしているのか。理香が何をされているのか。

理香。こんな目に遭ってたのに、どうして言わなかったんだ？　出かかった言葉を、俺はのみこんだ。

言えるわけがない。仲良しのお友達がいてよかったね、これで寂しくないね、パパもママも安心だよ。喜んでいる両親に、その友達にいじめられてるなんて言えるはずがない。

言わせなかったのは、俺たちなんだ。母さんなら、こんなことにはならなかったはずだった。母さんには、嘘もごまかしもバレていた。だから、俺はいつも自分から白状した。何でもお見通しなんだ、と思えばこそ、勇気を振り絞れた。あの「コロッケ事件」の時のように。

ごめんなさい。クラスの子たちが盗ってきたコロッケ、食べちゃった——。

あの時、その言葉を聞いた母さんは、ふぅっと息を吐くと、ポン、と軽く俺の肩を叩いた。いつものような激しい叱責が飛んでくると思ったのに、穏やかに言う。

「光弘。よく自分で言えた。勇気がいったろ。でもね、その勇気があるんだから、アンタはもう大丈夫だ」

顔をあげた俺に微笑みかける。「父さんと母さんが一緒についてってあげるから、お肉屋さんに謝りに行こう。ね？」

もうバレないように頑張らなくていいんだと思った瞬間、緊張の糸が切れた。両親に許してもらえてホッとした俺は、声をあげて泣いた。

いつでもそうだった。マシンガンみたいにガンガン小言は言うけれど、肝心なことはいつだって俺の口から出るのを待っていてくれた。

子どもの頃、不思議だった。どうして母さんには嘘や隠しごとがすぐばれるのか。

今やっとわかった。母さんはただ、よく見ていてくれたのだ。俺のことを、ただ見ていてくれた。それこそ、コロッケのかけらや、理香が隠そうとしていた切られた髪までしっかり見逃さずにいてくれた。

家《うち》に来るのも抜き打ち検査なんかじゃなかった。監視なんかじゃなかった。ただ、よく見てくれていただけなのだ。心配だから。大事だから。心をこめて、ずっと。

俺は膝をついて、まだ泣いている理香の背中にそっと触れた。

「理香。もう大丈夫だ。大丈夫。隠さなくていいんだ。黙ってなくていいんだよ」

泣き声が一段と大きくなった。澄子がぎゅっと理香を抱きしめる。

娘が繰り返した「だいじょうぶ」は、忙しい両親を安心させるためだけの「大丈夫」だったのに、俺たちは全然気づかなかった。見えていなかった。

こんなことが家の中で、大事な娘の身に起きていたのに。

「ごめんな。これからは見てるから。もっともっと、ちゃんと見てるから」

理香が俺の言葉に何度も頷く。俺はバラバラに乱れている髪をそっと撫でた。

今日は夕食に母さんを呼ぼう。

合鍵を使ってくれてありがとう。理香を見てくれてありがとう。俺たちを見てくれてありがとう。

言葉にして伝えよう。照れくさいけど。きちんと言葉にして伝えたい。

俺は静かに電話の子機を取りあげた。

どこまでも広がる青い空。うだるような熱気。土のにおい。

泣きながら裸足で母の背中を追いかける、六歳の俺。

「お母さん！　僕も一緒に行く！」

走っても走っても追いつかない。やがて、石に躓《つまず》いて転倒する。そして俺は、声を限りに叫ぶのだ。

「お母さーーーーーん!!」


——俺は薄い布団からガバッと起き上がった。

鼓動が激しく、全身にぐっしょりと汗をかいている。実際に声をあげたのだろう、喉の奥が焼けたように痛い。這《は》うように布団を出てコップに水を汲み、ごくりごくりと音をたてて飲む。三十過ぎて寝言で「お母さん」はないよな、と苦笑する。

母が家を出ていってから、何百回と見た夢だ。俺がどんなに呼んでも、母は振り返らない。時々追いつきかけることもあるが、母は恐ろしいほどのスピードで行ってしまう。そして一人残された俺は、泣きながら叫び続けるのだ。

ただ、夢と現実は少し違う。

「今日のお昼はお素麺《そうめん》にしましょ」

あの朝そう言った母は、俺が学校のプールから帰ったらもういなかった。いつもは仕事でいない父がいて、近くに住む祖母がいて、いつもいる母だけがいなかった。なのに前からそうだったかのように、父も祖母も何も話そうとしなかった。夜になっても次の日になっても母は帰らず、三日目の夜、俺は初めてあの夢を見た。

それにしてもなぜ、今さらあんな夢を見たのだろう……寝ぼけた頭で考えをめぐらせる。部屋のくずかごからあふれるビールの空き缶を見て、思わず「ああ」と声が漏れた。

……そうだ。昨日、会社が倒産したんだ。

大企業の子会社だった。が、その大企業が不祥事を起こし、一気に業績が悪化した。結局問題を起こした大企業は残り、何も悪いことをしていない子会社がなくなった。理不尽なものだ。

高校時代、野球部のレギュラーになったとたんに骨折したとき。就職活動中、システムの不具合で電車が立ち往生して、第一希望の会社の面接に行けずに不採用になったとき。何かを失ったときや、ひどく嫌な思いをしたとき、俺は決まってあの夢を見る。俺なんか母親でさえ見放す人間なんだ、何があっても仕方ないだろう――自分で自分にそう言うように。そうして俺は、憤りや行き場のない思いをあきらめていく。

同じ会社で働いていた者たちの間で、親会社の大企業を相手に補償を求めていく話も出ていた。けれどもう、どうでもよく思えた。

「で、いつから来られます?」

山崎さんという太った採用担当者は、俺の履歴書をさらさら眺めるとあっさりそう言った。あまりの呆気《あっけ》なさに、そんなに人が集まらない仕事なのか、とひるんだくらいだ。

高齢者生活福祉施設スタッフ。職業安定所の数ある求人の中からその仕事を選んだのは、なんのことはない、「年齢・学歴・資格・経験不問」の検索でヒットしたのが一件だけだったからだ。いい年をして特別な学歴も資格も経験もない俺に、選択肢などありはしなかった。

「いつからでも。なんなら明日からでも」

「今日からは、無理ですよねえ?」

探るように言われて、ますますひるんだ。けれどこの不景気に、俺なんかを雇ってくれるだけでもありがたいのだ。「よろしくお願いします」と頭を下げると、すぐさま薄水色の作業服が用意され、館内を案内されることになった。

「……で、ここからは居室棟です。ここは食堂。ここは洗濯室。こっちは浴室と洗面室。トイレ。居室は一人部屋と二人部屋があります。みんな、今の時間は部屋じゃなくて多目的ルームかな……ああ、いるいる」

遠くから見るとマンションのように見えた立派な建物は、廊下が広く、明るく、何より清潔だった。中でも二階まで吹きぬけた多目的ルームはさんさんと陽の光が降り注いでいて、そこに人が集まるのも理解できた。ソファでテレビを見ているおばあさん、昼寝をしているおじいさん、みんなとても気持ち良さそうだ。

「みなさん、紹介します！　今日からみなさんのお世話をしてくれることになった、仲野裕司《ゆうじ》さんです！」

山崎さんは言葉を覚えたての幼児に話すように、ゆっくりと、はっきりと呼びかけた。俺もそれに倣《なら》って「仲野です、よろしくお願いします！」と言った。

十何人ものお年寄りが振り返り、俺をじっと見た。と、くしゃくしゃの顔をさらにくしゃくしゃにして「よろしくお願いしますねえ」とか「お世話になります」とか言い、手を叩いたり握手を求めたりしてきた。思いも寄らぬ歓迎ムードに、俺は戸惑った。

「……ゆうちゃん、いうんやね」

喧騒の中で呟《つぶや》かれたその声に、俺は胸がぐいっとつかまれる思いがした。

壁の絵の前で車椅子に座る銀髪の女性が、目を細めて俺を見ていた。それが澄子さんだった。

「澄子さん、仲野さんのこと気に入ってますよねえ。ゆうちゃん、だもんなあ」

スタッフルームでパソコンのキーボードを叩きながら、面白がるように山崎さんが言った。

俺は「……なんなんでしょうね」と呟いた。

自分でも不可解だった。他の入居者たちが「仲野さん」と呼ぶ中、なぜか澄子さんだけが俺には「ゆうちゃん」と呼ぶのだ。さらに、他のスタッフとは必要最小限のことしか話さないのに、「ゆうちゃん、見てみ。ひこうき雲、ぐんぐん伸びてるわあ」などと声をかけてくる。

好かれているのだとしたら、もちろん悪い気はしない。けれど好かれる理由が思い当たらないと、素直に受け入れられないものだ。

そこに入居者の一人が、「すみません、女性用トイレの床が……」と言いづらそうに声をかけてきた。俺は「はい、今行きます」と腰を上げる。日常茶飯事だ。山崎さんはキーボードを叩く手を緩めずに、「仲野さん、すみません。お願いしまーす」と言う。これも毎度のこと。

新しいスタッフが入るまでずっと、こういうことは俺の役割なのだろう。

施設での仕事は想像以上に体力を要した。食事・入浴・排泄の手伝い。そしてこうした掃除。

前任者もその前の人も、数ヶ月で退職したという。

「ゆうちゃん、大丈夫?」

振り返ると澄子さんがいた。

「大丈夫ですよ。もう綺麗になりましたから」

掃除を終えて手を洗う。と、澄子さんが俺の手をとり、小さなチューブから絞り出した透明のクリームを塗りつけた。

「アロエ入り。水仕事のあと手当てせえへんかったら、荒れてまうで」

「……」

俺はハッとして澄子さんを見た。

「……ゆうちゃん?　どないしたん?」

「……いえ」

忘れていたのが不思議に思えた。今さら思い出したことも不思議に思えた。けれど確かに、母は俺をそう呼んでいたのだ。「ゆうちゃん」と。

「ゆうちゃん。今日のお昼はお素麺にしましょ」

あの朝だってそう言ったのだ。

週末は入居者の家族が次々と面会に訪れる。その日曜の午後も、多目的ルームは入居者たちと面会に訪れた家族とで賑わっていた。

「……？」

多目的ルームの入口から、澄子さんが遠慮がちに中を覗いていた。楽しそうな雰囲気に躊躇するように。あるいは、羨《うらや》むように。

「……」

思えば俺が勤め始めてから三週間、澄子さんに家族が訪れたことはなかった。

澄子さんの姿が、幼い自分と重なった。運動会。学芸会。授業参観。母親に手を振る友人が羨ましかった。母親の列の中に、自分の母の姿を探した。来るはずがないとわかっていても。

くしゅん、と小さくくしゃみをした澄子さんに、俺は声をかけた。

「澄子さん、夏風邪引いてますよね。お部屋に戻りましょう」

「……ゆうちゃんが言うんやったら、戻ろかな」

背中に幾組もの家族の笑い声を聞きながら、俺は澄子さんの車椅子を押した。

「ありがとうな」

「え？」

「ゆうちゃんは、優しいな」

「……」

澄子さんの家族は来られないんですか。そう聞きたいと思った。けれど、話したくないことだってあるだろう。俺だってそうだ。

微妙な沈黙の中で、澄子さんがぽつりと言った。

「おらんの、家族。うちが、捨ててしまったの」

その夜、俺はまたあの夢を見た。

けれど、夢はいつもと違っていた。俺は母に追いつき、その腕をつかむのだ。やっとつかまえた。もう離さない。俺は手に力をこめて叫んだ。

「お母さん！　こっち向いて！」

「……」

母が振り返るまさにその瞬間、俺はカーテンから射しこむ陽の光で目を覚ました。

「……」

布団から起き上がり、しばらくの間ぼんやりしていた。

「……もう少しだったのに」

呟かずにはいられなかった。

母がいなくなったあの夏、アルバムを広げると、母の写真だけがなくなっていた。父と三人で写っていた写真も、俺と二人で写っていた写真も、母の部分だけが鋏でまっすぐに切り取られていた。父がしたことなのか、祖母がしたことなのか、なぜそこまで神経質に母の痕跡をなくそうとしたのかも知らない。けれど俺は幼心に何かを感じて、記憶の中の母までも切り取ってしまったのだと思う。

俺は、母の姿を忘れてしまった。思い出そうとしても思い出せなくなってしまった。だから夢でもいいから会いたいと願う。けれど、だからこそ夢でさえも会えないのかもしれない。皮肉なものだ。

俺はふと、振り返った母の顔が澄子さんだったら、と想像した。

「……」

そんな想像をしてしまったことに、そしてその想像に驚くほど違和感がなかったことに、愕《がく》然《ぜん》とした。

真夏日が続く。「食欲がない」と訴える人や、なかなか食事をしてくれない人が増えてきた。今日の昼食は素麵だ。「暑いときはこういう、つるつるっと入るものがいいねえ」と評判は上々のようで安堵する。

と、窓際の席の澄子さんが、素麺を見つめたまま箸に手をつけずにいた。

「澄子さん、どうしました？　食欲ないですか？」

声をかけると、澄子さんは消え入りそうな声で呟いた。

「うち、素麺は嫌いやわ……」

ドグン、と心臓が嫌な音をたてた。

山崎さんが「え、澄子さん、素麺嫌いなんですか？　珍しいですねえ、あまり癖のない食べものなのに」と追いうちをかける。

どうして、素麺が嫌いなんですか。どうして。どうして。

そう聞くかわりに、俺は澄子さんに箸を握らせていた。

「……澄子さん。食べましょう。好き嫌いを言っていると、好きなものも食べられなくなりますよ」

自分でも驚くほどきつい口調になってしまった。視界の端に、山崎さんや他の入居者がぎょっとするのが見えた。

澄子さんは俺をじっと見たあと、ひとつ小さく肯いた。

「ゆうちゃんの言う通りや。好き嫌いは、あかんな」

そして、ちゅるる、ちゅるる、と素麺を食べ始めた。

そんな澄子さんから、俺は目を背《そむ》けた。俺も素麺は大嫌いなのだ。「ゆうちゃん。今日のお昼はお素麺にしましょ」、そう言って母がいなくなった、あの夏の日から。

俺は無意識に澄子さんの姿を探すようになってしまった。見当たらないと不安になり、見つけるとホッとするようになってしまった。澄子さんに「ゆうちゃん」と呼ばれるたびに、懐かしいような、泣きたくなるような、不思議な感覚にとらわれるようになってしまった。

馬鹿馬鹿しい。澄子さんは母じゃない。澄子さんが母のわけがない。それにたとえ、たとえそうだとしても、母を許すわけにはいかない――そう考えて、驚いた。

俺は母を恨んでいたのか？　俺を置いてどこかへ行ってしまった母を恨んでいたのか？　だから母の顔を、声を、記憶をしまいこみ、忘れてしまったのか？

そうして、なぜ今ごろこんなことで悩まなければならないんだ、と苛立《いらだ》った。

台風の影響で、ひどい雨風の夜だった。

その日は夜勤で、俺は館内を見回っていた。閉め忘れた窓はないか。雨漏りしている箇所はないか。急に気温が下がったので、体調を崩している人はいないか。

と、夜十時をまわっているのに澄子さんが部屋にいなかった。方々探し、多目的ルームにその背中を見つけた。初めて会ったときと同じ場所で、いとおしそうに壁の絵を眺めている。絵のタイトルは「少年」で、田舎の風景にたたずむ裸足の少年が描かれている。

「澄子さん、この絵が好きなんですか」

俺が声をかけると、澄子さんは泣きそうな顔になって言った。

「うち、このくらいのゆうちゃん置いて、家出たんやわ……」

「！」

澄子さんの言葉が頭の奥でわんわんと響いた。指先が冷たくなっていく。

「仕方なかったんよ……。うちが足悪うして、あの人にもお義母《かあ》さんにも、働けん嫁の世話する余裕ないわ言われて……」

「……」

「つらかったんよ……。ゆうちゃん置いていくのは、体半分もぎとられるみたいに、つらかったんよ……」

「……」

「ゆうちゃん……ゆうちゃん……」

「……澄子さん？」

俺は澄子さんの額に触れた。ひどく熱い。夏風邪が長引いていたのに、どのくらいの時間ここにいたのだろう。

俺は澄子さんを抱きかかえて急いで部屋に戻り、ベッドに寝かせて氷嚢《ひょうのう》をあてた。

と、澄子さんが俺の手を握り、焦点の定まらない目からぼろぼろと大粒の涙を零した。

「ゆうちゃん、かんにんな」

「……」

「ずっとずっと、気になってたんや。この何十年、ゆうちゃんのこと考えない日なんて、一日だってあらへんかった。熱出してへんやろか、なんか困ってることあらへんやろか、幸せに暮らしてるやろか、毎日毎日、思うてた。思うてた」

「……」

だったら置いていかなければよかったじゃないか！

ずっと、帰らないあんたを待っていたんだ！　どうして自分を置いていなくなってしまったんだろうと、苦しみ続けたんだ！　思い出すことさえできないあんたに、会いたくて会いたくて、たまらなかったんだ！

そう叫んで、その手を振り払ってしまいたかった。

……けれど俺には、そうすることさえできない——。

「……澄子さん」

顔を上げた澄子さんに、俺はゆっくりと、でもはっきりと言った。

「俺は、澄子さんのゆうちゃんじゃない」

「……」

澄子さんが「このくらいのゆうちゃん置いて、家出たんやわ」と言った絵の少年は、どう見ても小学校高学年だった。澄子さんは熱で混乱しているだけだ。あるいは俺に懺悔することで、澄子さんのゆうちゃんに懺悔したいのかもしれない。

けれど、違うものは違う。

「俺なんか……澄子さんのゆうちゃんじゃないですよ」

「……」

手を離されると思った。

と、澄子さんはその手をぎゅううと強く握って言った。

「俺なんか、なんて言うたらあかん」

「……」

「絶対にあかん。そんなこと言うたら、自分がかわいそうやないの……」

「……」

俺なんか。

最初にそう言わせたのは、母だ。澄子さんと同じ、子供を捨てた母親だ。

俺はあれから何度も何度も、「俺なんか」と呟いてきた。中学でいじめに遭ったときも。二浪しても父の満足するレベルの大学に合格できず、大きなため息をつかれたときも。前の前の会社で上司から大きなミスを押しつけられ、辞めざるをえなくなったときも。魔法の呪文のように「俺なんか」と呟いて、あきらめて、生きてきたんだ。

それが間違っていたとは思わない。そうしなければ割り切れないことだってあった。けれど……。

「ゆうちゃん、約束して。もう二度と、そんなこと言わんて」

「……」

澄子さんの悲しそうな顔を見ていたら、そんな俺の生き方を、母も悲しむような気がしてきた……。

「……」

果物かごにりんごがひとつ入っていた。俺はそれを手にとり、立ち上がった。

――あれは、幼稚園のときだっただろうか。

そうだ。五歳で、おたふく風邪を引いたときだ。

やっぱり夏で、こんなふうに雨のひどい夜で……。

俺は、和室に小さな布団を敷いて寝ていた。

熱で頭がボーッとして、体が熱くて、喉が渇いて……。

でも台所に立つ母の後ろ姿を見ると、ホッとした。

母は、りんごを皮ごとすりおろして、日本手拭いでぎゅっと絞って……。

こうして手拭いから、ぽたり、ぽたりと果汁が落ちていた。

ぽたり。ぽたり。ぽたり。ぽたり……。

「ゆうちゃん。りんごジュース」

そうして母が飲ませてくれたりんごジュースは、あとにも先にも越えるものがないくらい、美味しかったんだ——。


雨も風もやみ、白々と夜が明け始めたころ、澄子さんは薄く目を開けた。

「澄子さん。具合、どうですか」

「……喉、カラカラやわ」

「りんごジュース、作ったんです。飲みますか」

俺はりんごジュースを澄子さんの口元に運んだ。澄子さんの白い喉がこくりと鳴る。

「……美味しい」

澄子さんは頬を緩めた。その口元を拭きながら、俺は言った。

「小さいころ、母が作ってくれたんです」

「そおぉ」

「……母が熱を出したとき、誰かにこうして、看病してもらえているといいなと思います」

「え……」

「きっと、澄子さんのゆうちゃんも、そう思うはずです」

「……」

澄子さんは大きくしゃくりあげて泣き出した。その小さな体を、俺は静かに抱きしめた。

子を思わない母などいない。母を思わない子などいない。今なら心から、そう信じることができる。

母もどこかで生きていてほしい。できることなら、幸せに――。

陽の光が射してくる。長い長い夜が明けた。きっと俺は、もうあの夢を見ないだろう。

ありがとう

出勤しようと千穂《ちほ》が靴を履いてるところに、タイミング悪く母が帰宅してしまった。

「あら、千穂、もう出るの？　雨、かなり降ってきたわよ」

短く返事をし、傘立てから自分の傘を選び出す。そのわずかな時間に母は「アンタももう二十六よね。いつまでフリーターを続けるつもりなの？」と言いだした。

この話題の最後はいつも「大学まで出てサンドイッチ工場なんてねぇ」などとカチンとくることを言われるから、その前に千穂は「行ってきます」と飛び出した。

定年間近の両親は、姉たちのように就職するわけでも結婚するわけでもない末っ子に不安を感じている。フリーターという身分は、どれだけ稼ごうとも惨めに思えるらしい。そんな思い込みに反論してもムダだから、さっさとその場を逃げ出すに限るのだ。

母が言った通り、外は大雨だった。傘スタンドに傘をセットし、自転車をこぎだす。

千穂は唇を噛んだ。三年前の出来事を思い出すから、こんな雨の日は嫌いだ。

まだ昼の部で勤務していた頃のことだ。入ったばかりのブラジル人の女性にいろいろ教えていたら、「千穂サン、千穂サン」となついてくるようになった。そして、大雨の日、「雨宿リシテ行カナイ?」と家に誘われた。異国の物と日本製品が入り交じる室内を物珍しく眺める千穂に、彼女は「千穂サン、チョットダケ留守番オ願イネ」と出て行った。三歳の息子を残して。

そして——帰って来なかった。工場の同僚だった男とどこかへ逃げたのだ。当時の班長と総務課長が行政などに対応してくれたが、不注意過ぎると工場からも両親からもかなり叱られた。

それ以来、千穂は外国人が大嫌いだ。外国人は狡猾で自分勝手で、油断すると利用されてしまう。そう警戒するほど、あの事件はトラウマになってしまった。工場にはたくさんの外国人が働いているが、話しかけられても素っ気ない受け答えしかしなくなったのも、それからだ。

千穂は自転車をカンダフーズ横浜工場の駐輪場に入れると、しずくのたれる傘をさげて更衣室に向かった。いつも通り一番乗りだ。混雑がイヤでいつも二十時の始業開始三十分前には出勤するようにしている。課長の松島に呼ばれているから、今日はさらに十分早い。

雨で湿ったジーンズをハンガーにかけていると、奥から人が現れて、誰もいないと思っていた千穂は短い悲鳴をあげてしまった。出てきたのは女性の事務員で、モップで床を拭いている。悲鳴をあげたことに赤面しながら「お疲れ様です」と声をかけたが、返事はない。

なんだ、感じ悪い。千穂はムッとした。ユニフォームの白い上着とズボンに着替えながら、事務員を盗み見る。見たことがない顔だ。きれいに切り揃えられたボブカットが顔をさらに小さく見せていた。千穂より少し年上だろうか。

「もうすぐ皆、出勤してくるから、今掃除しても意味ないよ」ひとくくりにした長い髪を使い捨てのキャップに押し込みながら忠告したが、やはり返事はなかった。千穂は聞こえるように大きく舌打ちをした。それでもこちらを見ることすらしない。

押し寄せてきたおばちゃんや外国人たちに、邪魔だと怒鳴られればいい。自業自得だ。

千穂は更衣室から出ると、工場の入口ではなく、その隣の事務所を覗いた。

「お、千穂ちゃん。今日は一段と早いな」課長の松島に呑気に言われて、千穂は顔をしかめた。連休前に彼のほうから、新しいパートさんを入れるから指導を頼むと言ってきたのに。

千穂の所属するAラインは来週から古株の佐々木が抜ける。一週間で新人を動けるようにしておかなければならない。だが、事務所には遅番の事務員だけで、新人は見当たらなかった。

「課長さん。新人さん、まだ来てないんですか」と聞いた途端、松島の目が泳いだ。

「ああ――えっとね、不況だからさ、パート募集の広告が打てなかったんだよね。本社にも言ったんだけど、今期はもう採用の予算がないって言われちゃってさ――」

くどくどした言い訳を、千穂は遮った。「へぇ。なのに、新しい事務員さんは雇ったんです

ね」ロッカーで会った感じの悪い事務員のことをあてこすると、一瞬きょとんとした松島は、

「ああ、歩美《あゆみ》ちゃんのことか」と頷いた。その時、当の歩美が雑巾を手に戻ってきた。

「紹介するよ。先週入社した鈴木歩美ちゃん」彼女は、自分を紹介している松島の傍をすり抜けると、こちらを見ることもなく事務所の奥へ行き、キャビネットの拭き掃除を始めた。

こんな態度の悪いヤツ、入れるなよ。千穂が苛立った時、事務員が立ちあがった。歩美に近づき、背中をつつく。振り向いた彼女に、身ぶり手ぶりでゴミ箱を示した。頷いた歩美は拭き掃除を中断して、事務所内のゴミ箱からゴミを回収し始めた。

そのやりとりを呆気に取られて見ていると、松島が千穂の上着を引っ張った。

「耳、聞こえないいんだよ、彼女」歩美は千穂の一つ下で、ここが四社目だという、別に知りたくもない情報までを教えてくれる。

耳が聞こえないから、更衣室でもあんな態度だったのかと納得はしたが、予算がないと言いながらなぜ彼女を雇ったのだろう——。千穂の表情を見た松島が囁く。

「本社からの指示で、障がい者雇用もしなきゃいけないんだよ。障がい者雇用達成率がどうとかって——。ま、助成金が出るからうちは別にいいんだけどさ」

「じゃあ、事務所じゃなく、工場でラインに入ってもらえばいいじゃないですか」

松島はダメダメと大げさに手を振った。

「だから、耳が聞こえないんだってば。指示は聞こえないし、時間がないのに教えるのも面倒でしょ。それにあの子だって、楽な仕事のほうがいいに決まってるよ」

「時間がないって分かってるんだったら、使える人を入れてくださいよ」言葉尻を捉えてそう詰め寄った時、班長室から山瀬が出てきた。

「千穂。まだこんなとこでグズグズしてんのかい。もうライン、動くよ」

山瀬の後を追う千穂に、「新しいパートさんが来たら、教育頼むね！」と松島が叫んだ。

「募集する気もないくせに」小声で呟くと、山瀬が振り返った。

「入ってこないもんはしょうがない。いる人間だけで何とかするさ」そう言って、工場入口の虫よけカーテンを勢いよく手で払った。

横浜工場の主力商品はコンビニの弁当とサンドイッチだ。昼の部は弁当やハンバーガー、夜の部はサンドイッチを製造している。千穂は二十時から朝の五時までの夜の部だ。最初は昼の部だったが、夜の部の人手が足りないと松島に泣きつかれたのだ。例のブラジル人のトラブルを引き受けてもらった負い目もあったから、素直に異動を受け入れた。生活は逆転したし、身体はかなりキツイが、時給はかなりあがった。

四本あるベルトコンベアの一番奥、Aラインについた山瀬が作業表をめくり、「じゃあ、ハム卵サンドから。千穂、頭出しね。卵四十グラム」と指示を出す。

具材を用意したメンバーたちがラインの両側についたところで、山瀬がラインを見まわした。

「ヨギは?」ミャンマー出身のヨギの定位置、佐々木の向かい側にキュウリのバットだけがセットされていて小柄で浅黒く、四十代という年にしては皺の多い顔が見当たらない。佐々木が「Cラインの新人さんのところだと思います」と小さな声で言った。

またそれか。千穂は顔をしかめた。数メートル向こうのCラインを見やると、一週間前に入ったアジア人の傍にべったりくっついているヨギがいた。彼女は外国人が入るたびに世話を焼いては、自分のラインに迷惑をかける。彼らはどうせすぐに辞めるのに。

「ヨギ! 始めるよ!」山瀬のよく通る声に、ヨギが手を振って応える。急いで戻ってきたが、謝りは一切なしだ。すれ違いざま、「迷惑かけて平気なんて、やっぱり外国人の感覚はわかんないね」と嫌みを言うと、大きな目でギロッと睨まれた。負けずに睨み返す。

ヨギはこの三分のロスが命取りになることを理解していない。各ラインのノルマは、二回ある休憩時間を削ってでも仕上げる。もしノルマが達成できなければ、ペナルティで工場自体の仕事がグッと減らされてしまう。そうなると、仕事は早く終わるが、収入は大きく減る。

千穂は山瀬と共にラインの先頭で、サインドイッチ用の食パンに四十グラムの卵ペーストを塗り、流し始めた。スケールは用意されているが、確認で一度計るだけだ。四年も勤めるうちに、持っただけで重さがわかるようになっていた。

卵をのせたパンを次々とベルトに流していく。三分のロスのことが頭にあるから、いつもよりピッチが速かったのかもしれない。

「千穂！　イイ加減ニシロ！」突然、片言の日本語で怒鳴られ、ハッとした。ヨギがスライスキュウリを握りしめ、睨んでいる。パン出しが速過ぎて、並べる手間がかかるキュウリのところで渋滞を引き起こしていた。キャリア半年のヨギでは追いつかなくなったのだ。

「モット、ユックリシテヨ！」ヨギが怒鳴っている間もどんどんライン進む。ヨギの分をフォローしきれなくなった佐々木が、「班長！」と悲鳴をあげた。ハムの上にキュウリがのっていないパンがラインを進んで行く。山瀬が溜息をつき、おもむろにスイッチを切った。

ベルトが止まっている間に、佐々木や、隣でハムを担当するメンバーが大慌てでキュウリをのせていくが、ヨギはまだ仁王立ちで千穂を睨んでいた。千穂が頭出しをする時、こんなふうに彼女としばしば揉める。そして、必ず佐々木が仲裁に入ってくれる。今日もそうだった。

「ヨギ。今みたいに班長さんがライン止めてくれるからいいのよ。千穂ちゃんが速くパン出ししてくれたほうが早く仕事が済むでしょ。間に合わなくなって困るのは私たちなのよ」

ヨギは千穂にはわからない言葉で悪態をつくと、作業に戻った。山瀬がまたラインをスタートさせる。

佐々木がいなくなったら、相性の悪いヨギにも気をつかわなければならないと思うと千穂は憂鬱になった。三年前のブラジル人だけでなく、外国人は勤務時間中でも無断でいなくなったり、不意に辞めたりする。身勝手な行動に何度迷惑を被ったか。珍しく半年以上続いているヨギも、いつ機嫌を損ねて辞めるとも限らない。

新人を入れてくれればよかったのに。あんな人じゃなく――。

事務所で会った歩美の小さな顔を思い出して、千穂は溜息をついた。増員の必要がない事務所に、お金が貰えるからという理由で障がい者を雇うなんて、全く理解できなかった。

歩美は見かけるたびにいつも掃除をしていた。清掃業者が入っているはずの休憩室や通路、更衣室を何度も何度もホウキで掃き、モップで拭く。完全に暇を持て余しているように見えた。楽な仕事で、おまけに社員になれていいよね、と八つ当たり気味に睨んでしまう。歩美はおとなしそうな顔をしている癖に、千穂の視線に気づくと、なんか文句あるの、という目で睨み返してくる。それが余計にシャクに障る。

工場のスタッフたちは、かかわる必要のない歩美と距離を置いていた。佐々木だけが手話の本を持ってきて、ヨギと一緒に話しかけていた。

三人の傍を通りすぎる時、歩美が「ゆっくり、話して、もらえば、唇を、読めるから」とたどたどしい口調で言うのが聞こえた。大人びた顔と違い、少し子供っぽい声だった。

千穂に気づいた佐々木が「一緒にどう?」と手話の本を示してくれたが、首を振って断る。

「千穂ハ自分ト違ウ人間トハ、関ワリタクナイモンネ」ヨギが軽蔑したような目で千穂を見た。

義務や連携はそっちのけで、自分の権利だけは主張したがる外国人に言われたくない。ヨギの挑発を無視して、千穂は虫よけカーテンをくぐった。


週が変わり、ラインから佐々木の姿が消えた。親の介護でしばらく休むのだが、いつ復帰できるかは分からない。結局、新人は入って来なかった。誰かが休む時のように、他のラインや昼の部から人を何とか都合するのだろうと思っていたが、そうではなかった。

その日、工場に入った千穂はぎょっとした。歩美が白いユニフォームを着て、まだ動いていないラインを珍しそうに見つめていた。課長の方針が変わったのか。班長が頼みこんだのか。

千穂は苦笑した。どうせなら、一週間早くこうしてくれればよかったのに。

誰が彼女の指導をするんだろう。そう思っている内に、業務開始の時間になった。

「卵カツサンドから。頭出しはヨギね。千穂、レタス入って」いつもヨギと佐々木が二人でやっていたレタスを、千穂は一人で担当することになった。覚悟はしていたから素直に頷く。

レタスの芯を両手で叩いて潰してからカツの上にのせる。一人で二人分やるから慌ただしい。

一枚一枚計量しながら頭出しをするヨギは、千穂ほどは速くないが、手を止めることはない。時折レタスが遅れ気味になる。少しゆっくり流すよう頼もうと顔をあげると、ヨギがニヤリと笑った。ムッとする。アンタと違って、私は絶対ラインは止めないからね、と睨み返した。

一方、歩美は誰かの傍で見学することもなく、指導を受けるわけでもなかった。落ちているゴミを拾ったり、あいたバットを洗ったりしているだけだ。それでも山瀬は何も言わない。

彼女は本当に頭数だけ、なのだ。仕事をする気もさせる気もないのだ。そう悟って千穂は頭に血がのぼった。事務所に怒鳴りこめないのが悔しくて、レタスの芯を潰す手に力が入る。

最短の動線で作業をして、ラインを止めずに何とか卵カツサンドは終わった。安堵のため息をついた時、こちらを見ていた歩美と目が合った。と思ったら、ぷいっと顔をそらされた。

ホント、感じ悪い。千穂は歩美の背中を睨みつけた。

他の製品も意地と経験で何とかなった。だが、最大の難関は最後にやってきた。

「よし、最後やるよ！　クラブハウスサンド。配置そのまま」クラブハウスサンドはキュウリの三枚のせがある。これだけは一人では絶対間に合わない。

「班長！　Bラインから一人借りちゃだめですか？」千穂の言葉に、山瀬は洗い場でバットを重ねている歩美に目をやり、首を振った。「ダメだ。うちは一人補充してもらったから」

「補充って――全然仕事しないのに、数に入れるなんておかしいですよ」

「工場の仕事も見せてやれってさ。喋ってる時間ない、やるよ」抗議は受け入れられなかった。案の定、キュウリが追いつかず、ラインはすぐにストップした。そのたびに両サイドから手が伸びて手伝ってくれる。時間のロスになるから必死でやるが、追いつかない。冷房がきき過ぎている工場内で、こんなに汗をかいたことはなかった。

四回目にラインを止めた時、苛立ちが限界に達した。キュウリのバットを乱暴に置くと、同じボウルを何度も拭いている歩美のところに走る。

「ちょっと！」ぐっと肩を掴んで振り向かせて、「アンタ、楽な仕事ばっかりだよね！」とハッキリゆっくり言うと、歩美の顔色がさっと変わった。手を振り払われる。

歩美はポケットからメモを出すと、ペンで書きなぐった。『どうせ、何もできませんから』そんなことを涼しい顔で書く相手に腹が立つ。「じゃあ、何しに来てんのよ！」ドンと押すと、歩美がシンクの角に脇腹をぶつけた。顔をしかめ、しゃがみこむ。

しまった、やり過ぎた！

手を差し伸べようとした時、「こら！　千穂！　歩美！　なにモメてんだ！」と山瀬の怒鳴り声が飛んだ。急ぎ足で向かってくる班長に気を取られていたら、立ち上がった歩美に思い切り押し返された。終業間近で水や脂で汚れている床で滑り、千穂は派手に尻もちをついた。

「なにすんのよ！」起き上がってつかみかかると、歩美も顔や頭を叩き返してくる。

「やめろっつってんだろ！」山瀬が二人の間に割って入り、千穂はラインに引き戻された。山瀬がキュウリに入り、ヨギが頭出しを一人でやることで、時間は多少かかったが、何とかラインを止めずにやり終えた。出荷にも間に合った。通い箱を抱えて、男性パートたちがトラックに向かって走り出した時には、全員がしゃがみこむほど疲弊していた。

「千穂。残業だ。喧嘩した罰だよ。昼の部で使うハンバーガー用のパティ千個焼いて」

山瀬に言われ、千穂は頷いた。いつも佐々木が残業してやっていた仕事だ。夜通し働いた後のキツイ残業だから、佐々木は補助を頼む相手を日によって変えていた。千穂も何度か指名されたことがあり、作業の要領は分かっている。

山瀬が歩美に「アンタも残業」と伝えて千穂を示すと、歩美は心底嫌そうな顔をした。千穂はもっと顔をしかめて見せる。溜息をついた山瀬は、「仲裁する人間いないから喧嘩すんじゃないよ」と釘をさして、事務所へ戻って行った。

オーブン室は大型のパティ焼き機と作業台があるだけの小部屋だ。大きなトレイに冷凍パティを並べて、機械にセットしてスイッチを入れる。焼き上がったものをバットに並べ、また冷凍のパティを焼く、という単純作業だ。難しいのは機械のボタン操作だけだ。

冷凍パティを並べて機械に放り込んだ千穂は、焼いている間に次のパティを予備のトレイに並べた。歩美は隅の椅子に座って、退屈そうに足元を見つめている。

トレイ三枚分焼いたところで、作業台は焼けたパティがのったトレイでいっぱいになった。機械はあいているのにセットするトレイがなく、焼き上がったものを急いでバットに移す。効率が悪い。一時間半でと言われているのに、これでは指定の千個を焼くことはできない。

彼女と一緒にやるしかない、と悟った千穂は歩美に近づいて、軽くその肩に触れた。

「手伝って」口を読んだ歩美が意外そうな顔をした。「教えるから」と続けると、驚いたような表情を浮かべる。またできないと言われたらどうしよう、とハラハラしたが、歩美はあっさり頷いた。

歩美のメモ帳を借りて、作業の流れを説明する。焼いたパティをバットに並べて見せると、頷いてやり始めた。千穂はあいたトレイに冷凍パティを並べて機械に放り込んでいく。

効率をあげるために思い切って機械の操作も教えると、歩美は熱心にメモをとり、すぐにできるようになった。どんな作業も初めは慎重に、やがて徐々に手早くなっていく。

なんだ、ちゃんとできるじゃない。飲み込みも早いし、要領もいい。千穂は黙々と働く歩美を少し見直した。お互い一言も喋らないのに、息が合っていて仕事がやりやすかった。

おかげでパティはタイムリミット前に焼き上がった。佐々木と組んだ時と同じぐらいだ。最初のロスを考えるとそれより早い。思わず拍手をすると、歩美がポカンと千穂を見つめている。

時計を示し、歩美のメモに『上出来』と書くと、彼女はそのメモにじっと見入っていた。

事務所に報告に行くと、山瀬は早い仕上がりに驚きの表情を見せた。

「千穂。アンタ一人で千個やったのかい」

「いえ、二人でやりました」そう答えると、山瀬はさらに驚いて少し考えこんだ。

次の言葉を待ったが、「二人ともあがっていい」と素っ気なく言われただけだった。


更衣室で着替えた千穂は、帽子をゴミ箱に捨てに行こうとしてソレに気づいた。歩美が入口付近のロッカーで、シャツを頭からかぶっているところだったが、その脇腹に真新しい痣ができていた。あっと思う。工場で突き飛ばした時のものだ。シャツから頭を出した歩美が、千穂の視線に怪訝そうな顔をするのへ、痣を示して「ごめん」と手で謝ると首を振った。

「いいよ、べつに」私も突き飛ばしたからと笑う。大人びた顔に似合わず、かわいい笑顔だ。

携帯電話を取り出し、メール画面に『笑った顔、初めて見た。かわいいじゃん』と入れて示すと、歩美も携帯電話を出した。『ありがとう』

笑顔を誉めた礼かと思ったが、そうではなかった。彼女は千穂を指さし、『仕事、教えてくれた』と入れた後で、『今まで誰も教えてくれなかった』と付け加える。

『工場は忙しくて余裕がないからね』と返すと、歩美は首を振った。『今までの職場でも、今の事務所でも、誰も私には仕事を教えてくれない』

そうなのか。千穂が驚いていると、歩美が猛スピードでキーを打ち始めた。

『学校で職業訓練も受けたし、パソコンの勉強もしたから、働くことに何の問題もないと思ってた。なのに、いざ就職したら、掃除やゴミ捨てぐらいしかさせてもらえない。

同じ障がいを持ってる友達の中には、ちゃんと責任ある仕事を任されてる子もいるのに。

仕事を教えてもらおうと頼んでも、「忙しいからまた今度」「これは難しいからいい」って断られる。仕事をさせるために雇ったんじゃないの？　って、すごく腹が立った。

会社が私を雇うメリットは助成金と、障がい者雇用を推進してるって名目だけ。仕事ができてもできなくても関係ない。能力は望まれてない。それに気づいた時はショックだった』

絵文字も何もない、淡々とした文章だった。だが、その入力は速く、彼女がずっと押し込めていた感情がほとばしっているようだった。

こんな思いを抱える歩美に、「楽な仕事ばっかだよね」と口走ってしまった。あの一言でこの子をどれだけ傷つけたのだろう。出した言葉はなかったことにはできない。後悔で消えてしまいたくなった。

「ごめん――」言ってから気づく。携帯を操作する歩美には聞こえないのだ。けれど、注意を引いて謝るのをためらうほど、歩美は勢いよく文章を打ち込んでいく。

『勉強したって、頑張ったって意味がないって思ったら、やる気も自信もなくなって。私は一生これでいいんだって開き直ってた。

工場で仕事をするアンタは大変そうだけど生き生きしてた。でも、私にはあそこに立つ資格すら与えられない。それがすごく惨めだった』

最後の一文を入れた途端、口を真一文字に結んでいた歩美の目から涙が溢れた。

こういう時、なんて声をかけたらいいんだろう。

うろたえる千穂に「ごめん、大丈夫」と笑顔で手を振ると、涙をシャツの袖で拭《ぬぐ》う。

『自分のことを惨めだって思う自分自身が、一番嫌い』

そう打ちこんだ後、歩美は指を止めた。少し考え、今度はゆっくり打ちこんでいく。

『でもね、さっきすごく嬉しかった。仕事を教えてくれて、一人前の戦力として扱ってくれたから。ちゃんと教えられた通り、動けた自分がいたから。誰かと一緒に働くって、こんなに嬉しいことなんだ。私もまだやれるんだって、自分のこと少し好きになれた』

そして、脱いだばかりのユニフォームのポケットからメモを出し、さっき千穂が書いた『上出来』のページを開いた。たどたどしい口調で言う。「ありがとう」

間に合わないからと、仕方なく教えた仕事だった。なのに、歩美は目を真っ赤にして、嬉しそうに千穂が書いた文字を撫でている。

あんなひどいことを言った自分に、「ありがとう」を言われる資格なんてないのに——。

俯いていると、歩美が携帯電話を突き出してきた。

『朝ご飯食べて帰らない？　お腹減って、倒れそう』屈託のない笑顔に、千穂も思わず頷いた。


歩美が連れて行ってくれたのは、工場から少し離れた喫茶店だった。

ドアを開けて驚く。エプロン姿のヨギが眠そうな顔でコーヒーをいれていたからだ。日本人の夫が出てくるまで、ヨギが担当するらしい。店内は工場で働いている外国人ばかりだった。

「歩美。泣イタノカ？　千穂ニ苛メラレタノカ？」注文を聞きに来たヨギが、歩美の顔を覗きこむ。苛められたら一緒に来ないだろ、とヨギを睨んだが無視された。

歩美は千穂が書いたメモを出した。「上出来、だって」と笑う。

ヨギは意外そうに千穂と歩美を見比べると、カウンターで顔を覆っているアジア人のところへ行った。ヨギが世話を焼いている人だ。仕事についていけず怒鳴られてばかりいる。まだ続いたほうだが、あの様子ではもう辞めるだろう。Ｃラインの村田が「やっぱり外国人はアテにならない」と怒り狂う様子が容易に想像できた。

ヨギは彼女の肩を抱くように小声で話しかけていたが、カウンターの中に戻ると、千穂たちのテーブルにモーニングセットを持ってきた。

カウンターにいるアジア人は、フィリピンから来たらしい。日本語もまだよくわからず、「外国人はどうせすぐに辞めるから」とラインの人はあまり教えてくれないと言う。

ヨギは鋭い目を千穂に向けた。「千穂タチハ、外国人ハ皆イイ加減デ狡イト思ッテルケド、ソンナ子バカリジャナイ。真面目ナ子モイル。頑張リタイ子モイッパイイル」

私が三年前にあんな目にあったことを知らないからそう言えるんだ、と反論したかったができなかった。外国人は、親しくなるとあのブラジル人のように厄介事を押しつけてくると思い込んでいるのは事実なのだ。歩美のことを、障がい者だから楽な仕事で満足していると思い込んでいたように。そして、歩美はそうではなかった。

カウンターのフィリピン人は嗚咽を堪えているのか、時折、その背中が揺れる。

私はあの人にしてあげられることがある。そう思って、携帯電話を取り出しかけてやめる。あの時のようにまた裏切られるかもしれない。自分が動いたことで人に迷惑をかけ、また叱られるかもしれない。でも、歩美が違ったように、ヨギが言うように――思い込みと異なることは多いのかもしれない。両親がフリーターの千穂のことを惨めだと思い込んでいるけれど、千穂自身はクタクタでも毎日が充実していると感じているように。

千穂は思い切って携帯電話を手にした。「Cラインの村田にメールしとくよ」そう言うと、ヨギが怪訝な顔をした。

「口は悪いけど、村田ならちゃんと教えてくれる。だから、あの人に村田から離れるなって言っといて」手早くメールを打ちこみ送信する。

目を丸くしていたヨギは、送信完了画面を見てフッと笑うと、歩美がテーブルに置いていたメモを手にした。「私モ千穂ニコレヲアゲル」上出来のメモだ。

「ありがとうって素直に言えば？」口を尖らせると、ヨギが笑ってカウンターに戻りかけた。

「待って、ヨギ」慌てて呼び止める。もう一つ、思いついたことがあるのだ。

「手話の本、佐々木さんから預かってるんでしょ？　お礼にあれ、貸してよ」

頷いたヨギがカウンターの奥から手話の本を持ってきた。ページをめくったが、難しそう、と挫折しそうになる。「コレは、簡単」と歩美が手を伸ばしてきた。『ありがとう』の手話だ。

歩美が実際にやってくれるのを見よう見まねでやってみる。ヨギも「前ニ教エテモラッタノニ、モウ忘レテル」とその手話を繰り返しながら、カウンターに戻って行った。

汚さないように手話の本をカバンに押し込んでから、トーストにかじりつく。バターがたっぷり塗られていて美味しかった。「美味しいねぇ」千穂も幸せそうに笑う。

「千穂！」不意にヨギに呼ばれた。振り返ると、カウンターからヨギと、泣いていたフィリピン人が笑顔で『ありがとう』の手話をしていた。村田にメールをしただけなのに照れくさい。

千穂は軽く手を振っただけで、食事に集中するフリをした。

その日の夜、千穂は更衣室で歩美が出勤してくるのを待っていた。挨拶も早々に「歩美。卵とかキュウリって手話でどうやるの」と尋ねると、彼女は不思議そうに首を傾げた。

「今日も工場に入るんでしょ。洗い物だけじゃなくて、ちゃんとラインに入りなよ」

歩美の顔が曇った。「でも、あんな、忙しいところじゃ、迷惑、かける——」

「新人は慣れてないんだから、迷惑かけて当然だよ。でも、きっとすぐに慣れる。班長の指示は、手話で伝えてあげるから。私、数字の手話だけは覚えてきたんだ」

これが四十で、これは四十五でしょ、と手話を見せると、歩美が驚いたように千穂を見た。

「迷惑かけるかどうかなんて、やってみなきゃわかんないよ。今朝の残業がそうだったでしょ。私は歩美と一緒に仕事がしたい。歩美はどう？」

今度はしっかり頷いた。「——したい。私も、皆と、一緒に、仕事したい」

「じゃあ、急いで着替えて。班長に言いに行こう」

千穂には確信があった。昨日の歩美の仕事ぶりを知っているから、山瀬は断らないはずだ。

着替え終わった歩美が千穂に向き直ると、丁寧な動作で『ありがとう』の手話をしてきた。本で覚えた『どういたしまして』をぎこちない手つきで返す。

「さ、行こう、新人さん」千穂がポンと背中を叩くと、歩美が笑顔で頷いた。

鏡を振り返ったら、くびれた腰の少し下にひっかいたみたいな傷跡が見えた。十五センチほどの長さ。赤紫色に盛り上がっていて腰のあたりの白い肌にわざとらしいくらい目立つ。この傷のせいで、二十七歳になる今日までイヤな思いをいっぱいしてきた。とくに自意識過剰な十四、五歳のころは、この傷を本当に恨んだ。

健康診断や体育の授業で着替えをするのもイヤだった。プールで男子に指摘されたときは、文字通り顔から火がでるかと思った。「庸子《ようこ》はオクテだよねー」と、友だちに笑われたりもした。でも本当は、好きな人にこの傷を見られたらどうしよう、という気持ちがどこかにあったから。この傷があるだけでわたしの人生、どれだけソンをしてきたんだろう。

いつ、何の理由でできたのかは、きちんと聞いていない。まだ記憶もないくらい小さいころに受けた手術の跡だとは聞かされたけれど。

「……って、もう八時！」

二十代も後半になると朝の時間は本当に貴重だ。服や髪の毛も気にせずに、化粧もせずに電車に乗れたころが懐かしい。最低限のメイクをすませて、会社のトイレで仕上げをしよう。

エレベーターを待つのがもどかしくて、三階から駆けおりる。集合ポストをあけて、新聞を引っ張り出そうとしたら、大きな封筒が二つ出てきた。ピンクとブルーのA４サイズ。

ほんとに、こんなの読んでるヒマ、ないって……。

けれど、わたしは「布木《ふき》庸子様」とかかれた、二つの封筒を抱えて駅まで走ることになった。

ひとつ目のピンク色の封筒は、「緑山《みどりやま》ウエディング・ホール」から。

わたしは、三ヶ月後に結婚することになっている。同じ会社で働いている二つ年上の由谷孝治《よしたにこうじ》から、半年くらい前にプロポーズをされた。付き合いも二年以上になっていて、タイミングもよかった。真剣な表情で「結婚してほしい」と言われたとき、ずーっとおじいさんになった孝治と、わたしが並んで春の公園でたたずんでいる光景がふと、目に浮かんだ。すごく自然に。

だから、わたしは素直にうなずいた。

式場探しはけっこう大変で、二人で十軒以上まわることになった。親せきや友だちの数とホールの広さ、予算やいろんなサービスや、内装や設備や……。どれもこれも、なにかしら欠けていたり、納得できないところがあった。ようやく決めたホールは、いい日取りはすべて押さえられていてキャンセル待ち。その知らせが、ようやく来た。

もうひとつのブルーの封筒は、「骨髄《こつずい》バンク」から。

五年以上も前、わたしは骨髄バンクに登録をした。理由は、なんだというほど単純なことで、テレビでやっていたドキュメント番組に感動したから。

ちょうど、『源氏物語』をテーマにした卒業論文のまっ最中で、つけっぱなしにしていたテレビで流れていた。小児白血病にかかった少女が、移植を待ち望みながらけなげに生きていく姿を追った番組だった。笑顔を絶やさず、希望を捨てずにいた彼女は、最期にはやつれた顔にやさしいほほ笑みを浮かべながら死んでしまう。

わたしは泣いた。号泣した。涙があふれて、手元にあった『完訳源氏物語』のページがしわしわになるくらい。そして心から思った。

――こんな子が死んでいいわけがない。わたしにできることは……。

その翌日に、番組のあとに紹介されていた「骨髄バンク」に電話を入れて、翌週には検査を受けに行っていた。友人たちにその話をすると、「よく考えなよ」「衝動的すぎるよ」と止められた。けれど、反対されればされるほど意地になったわたしは、検査の判定が出るとすぐ登録してしまった。

検査の結果、わたしの骨髄のタイプは特殊なものだと知らされた。

血液型は日本で一番多いものだったから意外だった。そして、自分が選ばれた特別な存在のように感じられて少し誇らしかった。けれど、特殊なタイプというだけあって、長い間、タイプが一致する患者が見つからなかった。

五年の月日が流れ、大学を卒業し、就職活動に失敗し、どうにか小さな出版社の派遣社員になった。社会の厳しさや、世間の冷たさを身にしみるほど味わったわたしは、「善意の献身」とか「無償の奉仕」という言葉に、すっかり心を動かされなくなっていた。

そして、今日、患者が見つかった。

昼休みに、「ちょっと外に行きます」と声をかけて会社を出た。

小さなロビーを抜けると、春らしいかすんだ青空が広がっていた。ピントのずれた写真みたいな雲がのんきにただよい、おだやかな風がゆるんだ空気を運んでくる。

少し歩いたところの静かな喫茶店に入る。コーヒーとミックスサンドを頼んで、家から持ってきた封筒を開けた。

まずは、「緑山ウエディング・ホール」のピンクの封筒。

ほんとうは、先輩の目を盗んででも早く見たかった。でも、結婚の報告をしてから、なんだかイヤミの回数が増えた先輩の前では、やっぱり気が引ける。

最初に出てきたのは、目に痛いほどの純白のウエディングドレス姿の女性が、幸せそうに笑っているパンフレット。思わず頬がゆるんだ。

中に入っていた手紙には、六月のギリギリ最終日、大安《たいあん》の日の予定が取れた、とあった。

――よかったぁ。ついつい口の端から笑顔と安堵《あんど》の声が漏れてしまう。

まずいまずい。こんなゆるんだ顔で戻ったら、先輩に何を言われるか……。

サンドイッチを食べ終えて、コーヒーを一口飲んでから、もうひとつの封筒を開けた。

「骨髄移植《こつずいいしょく》を受ける方へ」というタイトルの冊子と、ワープロで認《したた》められた手紙。

わたしの骨髄に適合する患者が見つかった。移植を承諾してもらえるのならば、同封の必要書類に署名、捺印《なついん》してほしい。家族や親族の同意も必要なので、同意書にも必ずサインをもらうように……。

「なんでこんな時にくるのよ……」

大きなため息からは、コーヒーの香りがした。


白血病になると、体の中で正常な血液が造れなくなる。

治すには、血を造る「骨髄」をほかの人からもらって、そっくり入れ替えなくてはいけない。

それが「骨髄移植」。

けれど、骨髄には血液の「A型」「B型」「O型」「AB型」よりもたくさんのタイプがあって、移植する患者と、提供する側と、そのタイプがあっていないとダメ。

わたしのタイプは珍しいものだった。だから、患者が見つかるまで長い時間がかかってしまった。逆にいえば、もしわたしがダメだとなると、患者はまた長い時間を待つことになる。

さらに、骨髄移植は、献血とはちがって簡単にはできない。

骨髄があるのは骨の中。注射針を提供する人の骨まで差し込んで骨髄を抜き出すことになる。主に骨盤からとるのだけれど、痛みは激しく、全身麻酔をかけての手術になるので一週間ほどの入院が必要だという。人によっては安静にしていなくてはいけない期間がひと月くらいになることもある。半年くらい体調の不調をおぼえたり、傷跡が残ったりするケースもあるそうだ。

だからもし、骨髄移植をするとなれば、結婚式や新婚旅行はムリ。

わたしの一生に一度の結婚式。

一方で、わたしが救えるかもしれない誰かの苦しみ。もしかすると、命。プライバシーの保護や臓器売買を防ぐ目的から、名前はもちろん、年齢も性別も、顔さえ明かされない誰かの。

どちらをとるかなんて、決められないよ。

「……今から？　そう……わかった、すぐに行くよ」

聞きなれた声を聞いたら、少し落ち着いた。わたしは、悩んだ末に婚約者の孝治に相談することにした。彼は営業部の外回りで、ふだんは会社にいることは少ない。けれど、今日は事務処理が残っているとかで、電話をかけると席にいた。

ややあって、孝治がやってきた。入り口でいちいち首をすくめるほど背が高く、眠たげな瞳をしている。キリンを人間にしたら、こういう感じになると思う。間延《まの》びして見えるスーツの上着を片手で持ちながら、軽くわたしに手をあげてやってきた。

「どうした?」

ギシリと古い椅子をきしませながら、孝治はわたしの目をのぞき込んだ。

店員がやってきて、コーヒーをいれて戻ってくるまでの間に、わたしは今朝届いた二つの封筒について話した。うん……、といったまま、孝治は額に手を当てた。

慎重で少し優柔不断なところのある孝治は、このポーズで考え込むことが多かった。わたしのせっかちな時間を止めてくれる、魔法のポーズ。ランチのお店を決めるのにも、わたしのくだらない質問にも、いつも考え込む。

「正直いって、きみがする必要があるのかな?」

「うん……」

「実は、きみから骨髄バンクに登録している、という話を聞いたときに、ちょっと調べたんだ。

提供者《ドナー》が死んでしまったという例も、いくつかあった。そこまで、きみがする必要があるのかなって。もちろん、きみの気持ちは尊重したいけれど……」

孝治の言うことは、いつだってもっともだ。

そうなんだ。何の見返りも、わたしである理由もない。死んじゃうことだってある。ましてや、わたしは結婚式をひかえているんだから。

「うん……。そう、そうだよね。ほかにも提供者になれる人、いるかもしれないし」

何度もうなずきながら、わたしはブルーの封筒から手を離した。

孝治はまだ何か考え込んでいるようだったけれど、もう、昼休みの時間は終わりかけている。夜にまた電話するから、そう告げてわたしは喫茶店を出た。

午後の仕事は、まったく手につかなかった。

ガチャンとタイムカードが飛び出した。五時一分。先輩からの視線が痛かったけれど、なにかを言われるまえに手早く身支度を済ませて、さっさと逃げ出す。

今日は、上京してきた父さんを駅まで迎えにいかなくてはいけない。結婚式場の下見《したみ》だと手紙にあった。でも、嫁いでいく娘との時間をつくりたかった、というのが照れ屋の父さんの本音だとわたしは知っている。

ほんのりオレンジ色に染まった雲。影が濃く長い。駅への道を少し早めに歩くと、息が切れた。

人ごみからぽつんと離れたところに立つ父さんが見えた。

「やあ」

わたしの姿が見えたようで、父さんがかるく手をあげた。堅苦しくグレーのスーツを着込んで、黒縁の大きなメガネと半白の髪はボサボサ。小学校の教師のような穏やかな顔つき。

「おまたせ、父さん」

半年ぶりの再会になる。ちょっと老けたかな。わたしは笑顔を返しながら、思った。

駅から二人で歩きながら、ぎこちなくお互いの知り合いや親せきの話をする。豊富でもない会話がとぎれる前に、わたしの狭い２ＤＫの部屋に着いた。

奥の居間で父さんはスーツを脱いで、わたしはキッチンで夕飯のしたくにとりかかった。

背中に温かい視線を感じながらしたくを急ぐ。懐かしい感覚。

「たいしたものないけど、すぐに作るから」

「やっぱり、庸子は母さんに似ているな……」

「なあに、急に……似てないわよ。それとも、歳をとった、って言いたいわけ?」

父さんは小さく笑った。

母は、わたしが中学校にあがるころに亡くなった。もともと身体が弱かったこともあって、入院してほんのひと月であっけなく亡くなってしまった。それから東京の大学に入るまで、父さんと二人暮らし。わたしは母が嫌いだった。

父さんと正反対。背が高くて、女の人にしてはがっしりとした体格で、目鼻立ちのハッキリした、やや派手な印象の顔立ち。すぐに体調を崩すくせにお酒も飲めば、タバコも吸った。父さんがよく注意していたけれど「やりたいことやって死ぬならいいじゃない。ハハハッ」と笑うのがいつものやりとり。その笑い声がおおきくて、家の外からも聞こえた。

母は言いたいことはハッキリと言う人だった。それになによりも頑固で、一度言い出したことは決して曲げない。そこがわたしとそっくりで、気に入らないことがあるとすぐに喧嘩になった。

朝起きると「起きる時間が遅い」と小言を言われて、「遅刻しない時間なんだから文句を言われることはない」と反発する。お気に入りのシャツを着ようとすると「そのシャツとジーンズは合わない」と文句を言われ、「自分の好みを押しつけるな」と言い返す。わたしが「朝ご飯の目玉焼きが固い」と注文をつけたら、「人にやらせておいて文句を言うな」と叱られる。

「いってくる」とわたしが家を出ようとすると、「挨拶《あいさつ》はきちんと言いなさい」と注意される。父さんの笑顔と「まあまあ」という穏やかな仲裁《ちゅうさい》がなかったら、母との会話は半分、いや十分の一になっていたと思う。だからわたしは、母さんに似ている、と言われるのが大嫌い。

「母さんは、庸子のことがかわいくてしかたがなかったんだ」

「……憎まれ口と喧嘩しか覚えてない」

缶ビールとグラスを父さんの前に置いた。

「ちょっとお節介だったからな、母さんは」

プシュッとタブをあけて、父さんは缶から直接ビールを飲んだ。満足そうに大きく息を吐いて「そうそう……」とカバンから、母さんの遺影《いえい》を取りだした。

照れくさそうに笑った母さんの顔。こんな顔、わたしにはしてくれたことない。

父さんは、写真をテーブルの上に置くと、母さんに向かってビールをかかげてみせた。ドラマのワンシーンみたい。

わたしは黙って背を向け包丁を握り直した。すると、居間の電話が鳴った。

受話器を取ると、相手はやけに明るい声でハキハキと話しだした。

「こんばんは、はじめましてですね。私、骨髄バンクの移植コーディネーターをつとめております佐内《さない》と申します……」

つい気圧《けお》されてしまった。ウチの会社のやり手営業マンとそっくりの口調。

コーディネーターというのは、患者と提供者の間を取り持つ役割の人。患者の選定から、連絡、適合する提供者への連絡とケア。そういった一切を受け持つ。

佐内と名乗る女性は、説明を続けた。

強制するものではないので、あくまでも自分で納得してほしい。そのために必要な資料も説明も、なんでもこちらで用意する。家族の同意が必要なので、家族の方々にもきちんと理解していただきたい。

ひととおりの説明を終えると、佐内さんはうやうやしく訊いてきた。

「……骨髄の提供をしていただけるのでしょうか?」

こちらに精一杯、気を遣ってくれているのがいやというほど伝わってくる。それに、きっかけはどうあれ、わたし自身が希望して申し込んだ骨髄移植。

……やっぱり、やめます。口のところまでうかんできた言葉を、言い出せなかった。

「あの……時間を、もう少し時間をくれますか」

孝治の話と白血病の少女の顔を三回ずつ思い返したあとで、それだけしか言えなかった。

キッチンに戻ると、父さんが心配そうな顔でわたしを見た。

電話からもれきこえてきた「移植」「手術」という言葉に驚いたようだった。

心配性の父さん。物心ついたころから、何回この言葉を聞いただろう。

「庸子、身体の調子が悪いのか？」

「わたしは元気よ。……あのね父さん、わたし、骨髄バンクに提供者として登録しているの。今日、移植を受けないか、って連絡がきた」

少し首をかしげた父さんに詳しい話をする。わたしも今日読んだパンフレットから学んだことだけど。

父さんは過保護で、わたしが危ないことや、ムリをしようとすると絶対に止める。穏やかで優しい父さんが、そういう時だけは厳しい口調をする。本気で怒鳴られたこともあるくらい。

運転免許を取ろうとお金を貯めて、友だちとスケジュールまで組んで説得したけれど「ダメなものはダメだ」と認めてくれなかった。卒論が終わらなくて、何日も徹夜をしているという「留年してもかまわないから、寝なさい」と叱られた。だから、今回も必ず「ダメだ」と言われるはず。

でも、父さんは目の前の母の写真に笑いかけながら、静かに言った。

「……そうか。それならば、頑張ってきなさい」

わたしは動揺した。

父さんから「ダメ」と言われれば、後ろめたい気持ちが少し軽くなると思っていたから。

本当はやめたいけれど、やめたら誰かが苦しんでしまう。もしかすると、死んでしまうかもしれない。自分勝手に「やる」と言い、本当にやることが決まったら「やっぱりいや」と言う。祈《いの》るような気持ちで待っている患者にしたら、許せないことに決まっている。

ずっと心のなかに引っ掛かっていた。

父さんが「ダメ」って言うから仕方がない。そんないいわけが欲しかった。

「でもさ、すごい大変なことなんだよ。死んじゃった人だっているんだし、後遺症があった例も。全身麻酔したり……、そう、傷跡が残ったり、長い間体調を崩すこともあるんだって……」

「うん」

「それでもいいの？　それに、結婚式だって延期になっちゃうよ。父さん、そのために上京してきたんじゃないの？　それに……お母さんだってきっと反対する、そうよ」

「いや……母さんは、きっと私と同じことを言う」

「え？」

父さんはわたしの顔を見つめながら、話しだした。

「いつか、話そうと思っていたんだ」と言いながら。

母がわたしを身ごもったとわかったとき、父さんはすぐに医者に呼び出された。

「体力的に考えても、無事に出産できる可能性は……高くありません」

母は身体が弱かった。元々心配されていたことだけれど、精密な検査をした結果の結論だった。身体のことを考えたら、どうしようもない。きちんと気長に治療を受けて身体を治してからでも遅くはないし、ムリをして万が一のことがあったら……。

父さんは子どもをあきらめた。

「ねえ、アンタ。子どもができたらさ……」

新居《しんきょ》を決めるとき、家具を買うとき、食器をそろえるとき、いろんなものを決めるときの母の口ぐせ。子どもが好きで、結婚してから三年間、妊娠しないことを悩んでいた母のことを思うと、父さんの胸は張り裂けそうだった。

でも、いつまでも黙っているわけにもいかず、ある晩、父さんは医者から聞いた言葉をそのまま伝えた。きっと母は取り乱して、泣いてしまうだろう。どれだけ責められても、ののしられても、涙を流されても、きちんと受け止めようと、父さんは覚悟していた。

「あたしは産むよ」

母は天井を見上げたまま、大きくもなく、強くもないけれど意志のこもった声で答えた。

「もしものことがあったら、どうするんだ」

「おおげさ。べつに死ぬって決まったわけじゃないだろ？　産みたいの」

「それは、それはわかっている。私だって同じ気持ちだ、けれど……」

「あたしの番なんだよ……」

と、母は笑った。

よくわからず、黙り込んでしまった父さんに、母は教えてくれたそうだ。


母の父、わたしの祖父は、終戦直前に兵隊に取られて戦後もなかなか戻ってくることができなかった。田舎から出てきたばかりで母を産んですぐのころ、祖母は終戦の混乱のなか、大変な思いをしたそうだ。そのとき、たくさんの人に助けられて、どうにか無事に母を守り、祖父の帰りを待つことができた。

食べ物がなくなって途方に暮れていると、市場の顔見知りがこっそりと食べ物をわたしてくれた。ご近所さんは「作りすぎたから」といってことあるごとに料理をくれた。冬の寒さに凍えていたら、通りすがりの軍服姿の人が分厚いコートを母に掛けてくれた。親せきが仕事を見つけてくれて、少しでも余裕ができるとお米やお金を送ってくれた。

周囲の人の親切ややさしさがなかったら、きっと母は無事に育つこともできなかったはず。

「次はお前の番なんだよ。たくさんの人が、黙って私たちを助けてくれたんだから。もし、困っている人がいたら、今度はお前が助けてあげなさい。……〝恩送り〟っていうのよ」

祖母はいつもいつも、母にその話を聞かせた。

「あたしはひとりで生まれて、勝手に育ったわけじゃない。みんなの愛情や親切や善意をもらって大きくなったんだ。それをあたしで止めるわけにはいかないよ。あたしだって怖い。けどさ、生まれたいって言っているこの子にできるだけのことしてあげたい。それが、あたしの番なんだよ……」

何度目かの父さんの説得を黙って聞いた後で、母ははっきりと言ったそうだ。

それから、母は毎晩、五合は飲んでいたお酒をやめた。一日に三十本はすっていたというタバコもやめた。滋養のある身体にいい物をたくさん食べて、疲れを感じるとすぐに床に着くようにした。布団の中で目を見開いたまま、じっとしている母の姿は、執念そのものだった。

そしてわたしは生まれた。

体力を回復し、身体に気を遣ってきた母の努力のおかげで、出産はうまくいった。

けれど、わたしは二千グラム弱の未熟児で、きちんと育つかどうかもわからない、と言われたそうだ。診察をしたら、腎臓《じんぞう》に欠陥があることがわかって、生後一ヶ月で大きな手術をうけることになった。危険だと言ってしり込みする医者を、この子のためにと母が説得した。そして手術が始まると、自分の身体もぼろぼろだったくせに、手術室の前でじっと座り込んでいたらしい。本当に頑固に。

腰の傷は今でも残っているけれど、わたしは元気になり、成長するにしたがって丈夫になっていった。でも、母は出産のダメージが残っていて、ちょっとしたことですぐに体調を崩すようになった。そのくせ、わたしがちょっとでも不調だとうるさいほどに大慌てした。

小学校のまだ小さかったころ。遠足の日の朝、軽い頭痛があった。そのことをつい口に出したら、母はわたしの言うこともきかずに、まるで今すぐ入院でもするかのような口ぶりで学校に電話してしまった。遠足から帰ってきた友だちが、ベソをかきながら花束を抱えて「死んじゃうのかと思った」とお見舞いにやってきた。

そんな母が鬱陶《うっとう》しかった。

父さんの心配性が面倒くさかった。

腰に残った傷がうらめしかった。

母の決めつけるような言い方が嫌いだった。

でもそれは、疎《うと》ましいと思っていたすべてが、わたしが受けてきた愛情の形だった。

いつのまにか、わたしの目からは涙がこぼれていた。

話を終えた父さんが、母の写真を愛《いと》おしそうになでた。

「母さんは庸子に、いつかこの話を伝えたい、と言っていた。でも、あまりに急だったな……。だから庸子、きっと次はお前の番、なんだ」

静かに言った父さんの瞳にも、光るものが見えた。ほんとうは心配で心配でしかたがないくせに。無理にでも、大切なことのために父さんが黙っているのは、よくわかっていた。


夕食に簡単に作ったちらし寿司を二人で食べた。

父さんは疲れていたんだと思う。ビールを二、三本飲んでソファで寝息を立てている。

わたしは父さんを起こさないように、そーっと携帯電話をつかんでベランダへ出た。

春の夜はしめった感じがする。しっとり肌にまとわりつくような夜の風。

薄暗い光の下で孝治の番号を呼びだして、電話をかける。数回のコールで孝治はすぐに出た。

残業中でまだ会社にいる、と言った孝治に、わたしは父からきいた話を伝えた。できるだけ正確に、できるだけゆっくりと。そして最後にこう言った。

「やっぱり、骨髄移植の手術を受けるよ」

それがわたしの正直な気持ち。母から送られたものだから。

少しだけ間をおいて、孝治の笑いを含んだ声が耳に届いた。

「……そう言うと思っていたよ。お義父《とう》さんから、庸子は母さんに似て一度決めたらきかないからね、って言われていたから」

「なによ、それ」

「部長にきいてみたんだ。庸子が移植のために休んでいる間、給料の保障はできないかって。骨髄移植に賛同する会社では、そういう制度もあるらしい。そうしたら、えらく感心していたよ。認めてもらえるかもしれない」

「そんな話、したの？」

「それと、知り合いの医者にもきいてみたんだ。移植で提供者が死ぬケースはまずありえないって。日本での例も全身麻酔の際の事故だそうだし」

のどの奥で熱い固まりが詰まってしまった。小さくすすり上げてから、ようやく言えた。

「……ありがとう」

また、笑い声が聞こえる。

「うん」と応えた孝治の声が心に温かく広がる。この人との結婚をきめて本当に良かった。

電話を切って、ベランダから身を乗り出す。夜の街の輝きをもっと見てみたかったから。

ダイヤをばらまいたみたいに、暗やみに広がるたくさんの小さな灯を見ながら、顔も、名前も、性別さえもわからない誰かが、早く元気になってくれればいいと、わたしは思った。

待っているから

のろのろと部屋を出たのはもう夕方近かった。二日酔いで頭がふらふらする。今日はいい天気だったらしくマンションのあちこちのベランダにまだ干されたままの布団が見える。部屋を出たのは丸二日ぶりだ。

少し歩いて、長く一人暮らしをしたレディスマンションを振り返った。いつも前だけ見て、振り返ったことなどなかったなあと思いながら白い壁の建物を見ると、私の部屋の窓のあたりにだけ、やわらかい西日が当たっている。ふいに涙がにじんできて、私はあわてて駅の方へ歩き出した。速く歩く必要などもうないのだけれど、時間に追われて通勤していた癖が抜けない。

途中の神社まで来てこぼれそうになる涙をぬぐった。神社の前には道路をおおうほどの大きな楠の木があり、見上げると枝がゆったりと風に揺れている。この大きな御神木を、立ち止まって見上げたことも初めてのような気がした。上の方の枝には私の部屋の窓と同じように夕陽が当たってキラキラと光っている。あの枝のあたりにはきっと、地上とは違う風が吹いているのだろうとぼんやり思った。この道を私が急いで行き来した十年ほどの間、この木はいつもこんなふうに私を見下ろしていたのだ。

私は一週間前、寿退社した。

子供の英語教材を販売する会社で働いていた私は、子供向けの体験レッスンを担当していた。レッスンに元気に参加してくれる子供たちはかわいかったし、外国人講師と英語で打ち合わせするのも楽しかった。教材を検討し、より良くしていくこともやりがいを感じていた。

でもずっと待たせるのは悪いと思ったのだ。幼なじみの良介は東京で働きたいと言う私に、ずっと待っているからと言ってくれた。思う存分仕事をしてから将来のことは考えようと私も思っていた。だけどもうお互いすぐに三十だ。いつまでも放っておくわけにはいかない。私が「もういいよ」と言ってあげるのが筋というものだろう。

良介の三十歳の誕生日に照準を合わせ、私はひとつひとつ計画的にことを進めた。驚く良介の顔が目に浮かぶ。後輩への仕事の引継ぎもきちんと済ませ、送別会もしてもらった。

結局私は生まれ育った小さな町に帰り、良介の実家の営む奥田酒店のおかみさんになるのだけれど、それもおだやかできっと幸せなんだろうと本気で思った。

昨日、引越し屋さんを検討している時、携帯が鳴った。良介からだ。勝手にことを運んで秘密にしているけれど、口の端が笑ってしまう。つい全部しゃべってしまったらどうしよう。そう思いながら電話に出た。

「なあ智美、俺な、結婚……しようと思うんだ」

「えー、参ったなあ、私から言おうと思ってたのに」と思ったが、これは言わずに我慢した。

「夏休み始まってすぐにさ、俺、姉貴の子供、甥っ子姪っ子三人連れて車でディズニーランド行ったんだわ」

「ふんふん、それで?」

「そしたらお前も知ってるほら、バスケ部の後輩、沢村陽子、あの広い駐車場でだぜ、隣の車から出てきてさ、お互いびっくりよ。なんか、髪伸ばしちゃって『せんぱーい』なんて言われたけど、初めはわかんなくってさ」

その子のことならうっすらと覚えている。地味な感じの目立たない後輩だった。そのくせ男子の試合の時は、全員分のおしぼりを冷やして持って来ているような子だった。でもそれいったい何の話?　しかし良介は勝手にどんどん話し続けた。

「彼女、友達と何人かで来てたんだけど、すぐに俺の方に来ちゃって甥っ子姪っ子の面倒もちゃっちゃと見てくれてんの。すっかりあいつらもなついちゃってさあ、ランドの人にも、そこのパパ、ママなんて呼ばれちまってー、俺さあ、運命なんて信じない人だったんだけど……」

さすがにここまでくると私にもことの成り行きがわかってきた。頭の中がくるくると回転する。良介が、いつまでも待っているからと私に言ったのはいつだったか？　それは私の中ではずっと有効だったのだけれど、短大生だった時？　それとも高校生？　そういえばこの半年、良介にはあんまり電話していなかったかも……。

私は「おめでとう」と言って電話を切った。「ありがとう、結婚式には呼ぶからな」という良介の、何の迷いもない声が耳に響いた。

そのあと、私は母に電話した。驚いたことに母は良介の結婚話を全部もう知っていた。すぐ近所なんだから当然かとも思ったが、母は申し訳なさそうに私に言った。

「良介ちゃん本人は何も知らないんだけどね、私はあんたの話から、あんたたち結婚の約束ができてるんだと思ってたのよ。だからあちらのお母さんとも、式はいつ頃になるのかしらなんて笑ってたもんだから、道で顔合わせると、なんだかお互い気まずくてねえ……だからあんた、こんなとき帰ってくるなんて言わずに、もうしばらくそっちで働いたら？」

しっかり約束してたんじゃなかったこと、私も今知ったのよ、とはさすがに言えなかった。おまけに自分は平気なふりで、落胆している様子の母を励ますのも案外きついものがあった。その上、母の言葉の端々に、そんな娘を少し恥じているようなニュアンスを微妙に感じて、私は正直打ちのめされてしまった。小さなパンチをいくつも受けてあとから効いてくるみたいな母との会話だった。どんなことがあっても親とあの町と、そして誰より良介は自分を拒んだりしないという私の中の基本は、すっかりくつがえされてしまった。結局私は誰にも、待たれてなどいなかったのだ。

不思議とわあわあ泣くことはなかった。ただ、うぬぼれていた自分がぽつんとそこにいた。幼い頃からいつも一番近くにいて、私を見ていた良介のいろんな顔が浮かんでは消えた。これからは良介の一番近いところにいられる人が自分ではないことがなかなか理解できなかった。結婚も仕事も同時に失った私は、気持ちの整理がつかないまま、昨夜缶ビールを一人でどんどん飲んでしまったらしい。気がついたらソファの上で朝になっていて、涙のあとが顔にいくすじもついていた。やっぱりわあわあ泣いていたのかもしれない。

今日は起き出す気になれなくてベッドでうだうだと過ごした。眠っては嫌な夢を見た。でもさすがに夕方まで寝ていると、悲しくてもお腹はすいた。部屋を出て神社の楠の木をしばらく眺めてから近くのコンビニに入った。仕事のあとさきによく大急ぎで立ち寄った店だ。おにぎりなどを適当にポイポイと店内かごに放り込む。もう急がなくてもいい自分が不思議だった。

その時、私のすぐ横でごそごそと妙な動きをする子供がいるのに気がついた。ヨレヨレののびたＴシャツを着た小学三、四年くらいのその少年は、Ｔシャツの下におつまみコーナーの魚肉ソーセージを押し込んでいる。大きなソーセージのその赤い包装紙がガサガサと音を立て、このままではすぐに店員に見つかるだろうと私は思った。現にもうレジの前の若い男性店員が、さっきから伸び上がるようにして、いぶかしそうな視線をその子に向けている。

私は思わず店員に背を向け、少年の方を向いて立った。

「それがいいの？」

少年はギョッとした顔で私を見上げた。店員がレジを出てこっちに来るのが気配でわかる。

「それにするのね。じゃあかごに入れて」

私がかごで少年をぐいぐいと押すようにすると、少年はソーセージをTシャツの下から取り出した。店員がのぞき込むのと同時に少年は、パッとかごの中にソーセージを放り込んだ。

「さあ、もういいでしょ、行こう」

じっと見つめる店員の横を、私は少年の背中を押してレジに向かった。

「なんで助けてくれたの？」

少年はすたすたと歩く私を小走りで追いかけながらたずねた。

「別に……子供がつかまって大騒ぎになるの、嫌だったのよ」

私は立ち止まらずに答えた。ソーセージを手に少年はずっとついて来る。私は神社の楠の木の下で立ち止まった。どんなにお腹がすいていても万引きは犯罪だ。もう一度きつく言い聞かせておかなくてはと思った。

しかし改めて見ると本当に汚い子だ。汚れた手で何回もぬぐったのか、顔にも泥がついていて靴も真っ黒、髪の毛もぼさぼさだ。仕事がら子供に接する機会は多かったが、英語のモデルレッスンに来る子供は皆、きちんとした服装の子ばかりだった。たいがいは教育熱心な親が一緒で、何十万という教材をポンと買っていくことも珍しくなかった。

私は最近よく耳にするネグレクトという言葉を思い出していた。危害は加えないけれど、子供の世話を親が放棄してしまう虐待。子供を家に置いたまま何日も帰ってこない親、食事を与えない親、そんなことが頭に浮かんだ。もしかしてこの子……。

しかし少年はそんな私の思いをよそにソーセージの袋を開け始めた。やっぱりお腹がすいていたのねと私が思ったとき、驚いたことに少年は大声で叫んだ。

「おーい、コロー！」

すると神社の賽銭箱の裏から、少年よりもまだ汚いやせ細った犬が目をしばたたかせながらがさごそと出てきた。頭としっぽをできる限り下げ、緊張した体を震わせておずおずと少年に近づいて来る。しっぽは懸命に振られているが、完全に地面の砂を掃いているので真っ黒に汚れていた。プードルか何か、もともとはかわいい巻き毛の犬だったようにも見えるが、今はまるで洗濯機にたまる糸くずのかたまりみたいだ。

少年は躊躇なくそのコロに近づき体をなでてやると、ソーセージをぽんと丸ごとコロに与えた。コロは大きなソーセージを口いっぱいにくわえて、どこから食べ始めたらいいかわからないみたいに目をしばたたかせたまま足踏みしている。私はあっけにとられていた。この少年は犬に食べさせるために万引きしようとしていたのだろうか？

「あんた、お腹すいてたんじゃないの？」

私はかなりムッとして、ソーセージを小さくちぎってやっている少年にたずねた。

「え？　お腹？　すいてないよ。僕のごはんはおかあさんが、家に置いといてくれるから」

私は少年に背を向けてまたすたすたと歩き出した。そうだ、こんな汚い子にだってちゃんと温かい家庭があるのだ。勝手に同情して助けてやりたいと思った自分が悲しかった。第一私は人のことをかまっている場合じゃないのだ。あまりにバカみたいで涙も出なかった。

「おねえちゃん、待ってよ〜」

少年の声が聞こえたが、私は振り返らなかった。その時、前から歩いてきた濃い化粧の女性が、私とすれ違いざま少年に声をかけた。

「タカシ、どこ行ってたの！」

「あ、おかあさん！　おかえり！」

振り返ると、その女性にかけ寄ってうれしそうにとびつく少年が見えた。

「コロがお腹すかせてたから、ソーセージあげたんだよ」

うれしそうな少年の声に、母親の女性はきつい口調で言った。

「なんでおかあさんが帰る時間に家にいないの？　ソーセージなんて、お金はどうしたの？」

私は立ち止まって少年を見た。少年はおずおずと私を指差して言った。

「お金は……あのおねえちゃんが、買ってくれたから……」

申し訳なさそうな少年の目が私に、それ以上何も言わないでと訴えているのがわかった。母親はまっすぐに私を見た。私は少し頭を下げたが、なんと彼女は頭を下げなかった。それどころか私に向かって言った。

「この子にかまわないでください。食べ物でも何でも家に置いてありますから。お支払いします、おいくらでしたか？」

私はますますムッとしてこれ以上この親子に決してかかわり合うまいと思い、「結構です」と言って歩き出した。母親が少年に言い聞かせるのが聞こえてきた。

「知らない人と話したり、何か買ってもらったりしちゃダメって言ったでしょう？」

最悪の一日だった。

二、三日、新しい部屋探しをして過ごした。長年住みなれたこの部屋は、もう解約手続きを済ませてしまっていたが、もしなじみの管理人にやはり住み続けたいと言えば、たぶん可能なことはわかっていた。でも私はここを出る決心をした。今までのことは忘れて新しくやり直さなければと自分に言い聞かせた。いろんな街で電車を降り一人で歩き回ってみた。でもここだという街は簡単に見つかるものではなかった。部屋を空けるまであと十日ほどしかない。

夜になって雨が降り出した。台風が来るらしい。ごたごたしているうちにもう夏も終わりだ。雷が遠くで鳴っている。私は窓のカーテンを少し開けて神社の楠の木を見た。急に激しくなった雨に高い枝が揺れている。

木の下にある街灯に照らされて、雨の中傘もささずに動く人影を見て、わたしはぎょっとした。この前出会ったタカシという少年に似ている。それにその側にいる小さい生き物はあの汚いコロじゃないだろうか？　しばらく見ていたが、タカシとコロは全くその場を動こうとしない。タカシはこの前同様薄いTシャツ姿で、体中びしょぬれなのは間違いなかった。

「かまうなって言われたのに……もう、いったい何してるのよ！　そんなこと言うならしっかり子供を見張ってろって言うの！」

私は怒りに満ちた気持ちでバスタオルを引っつかむと、部屋を飛び出した。

やはり木の下にいたのはタカシとコロだった。私は横なぐりの雨の中、タカシを抱き寄せて傘の中に入れ、犬の首をつかんで神社の軒下まで引きずって行った。タカシはきょとんとした顔で私を見た。

「おねえちゃん、どうしたの？」

「それはこっちが聞きたいわよ。何だっていうの、こんな夜中に、大雨の中、子供が！」

つかんできたバスタオルでタカシを拭くと、タカシは躊躇なくそのタオルで汚いコロも入念に拭いた。お気に入りのピンクのバスタオルはすぐに真っ黒に汚れ、犬の毛だらけになった。

「家のカギ、落としちゃったんだよ。たぶんこの木のあたりだと思って。コロが跳びついてきてだいぶ遊んだから。ご飯も家の中だし、ほんと、どこに落としたのかなあ……」

タカシはまだ地面を見回し、雨の中に出て行こうとする。

「こんなに暗くちゃもう見つかんないわよ、明日にしなさい。昼間一緒に捜してあげるから。それよりおかあさんは？　まだ帰ってきてないの？」

私が聞くとタカシはまるでよくあることのように答えた。

「今夜は帰って来ないんだ、おかあさん。明日の夕方には帰るって言ってた」

こんな小学生の子供を一人で一晩中放っておくなんて。私に頭を下げなかった濃い化粧の顔がよみがえった。やはり私の最初の勘は当たっていたのだ。

「じゃあもう一回あんたんち、見に行ってみよう。もしほんとに誰もいなかったら、管理人さんに頼んでドアを開けてもらえばいいでしょう?」

「カンリニンサン?」

私は不思議そうな顔をするタカシの腕をつかんで歩き出した。コロはクンクン鼻を鳴らして足踏みしていたが、タカシが振り返って呼ぶとつかず離れず私たちについて来た。

タカシのうちは外階段のある古い二階建てアパートの二階の部屋だった。外から見てもその端の部屋に何の灯りもついていないのは明らかだった。タカシが言葉の意味を知らなかったのも無理はない。管理人なんて昼間でもいないだろうと思われた。

とにかく一階の狭い軒下に入り、空を見上げたが何の名案も浮かんでこなかった。ため息をついたあと、私は小さな声で言うしかなかった。

「今夜はうちに来る? コンビニで買った食べ物しかないけど、お風呂には入れるから」

「コロは?」

タカシは心配そうにたずねた。うちのマンションはペット禁止だ。管理人は一階の部屋に住み込んでいるが、夜は窓口もカーテンを閉めている。私はなんとか突破できると踏んだ。

「いいよ、一緒に連れて行こう。でも鳴かせたらダメだよ」

「大丈夫。コロは足踏みするだけで鳴いたりしないよ」

タカシは私と同じように小声で答えて、にっと笑った。

タカシは小学三年生で母親と二人であの部屋に住んでいるのだと言った。コロは神社に住みついている野良犬で、タカシにだけはなついているらしい。タカシは自分の家以外の場所に泊まるのは初めてだと言ってはしゃいだ。家族旅行もキャンプも林間学校も行ったことがないんだろうかと思ったが、私は何も聞かなかった。今日は仕方なくここへ連れて来たが、いろいろ事情を聞いてあの母親にまた何か言われるのは嫌だった。でも無断で子供を自分の家に連れてきて、あとで誘拐騒ぎになるのだけはごめんだと私は思った。やはり居場所くらいは電話させた方がいいだろう。でもタカシに聞くと母親は夜電話をかけてくるが、タカシが眠ってしまって出ないときもあるから大丈夫なのだと言った。

「おかあさんは仕事が夜遅くまであるから、電話も遅くなっちゃうんだ。おとうさんはね、ずっと前に死んじゃったの。バスの運転手だったんだよ。だからおかあさんが働いてる。今日みたいに泊まりで働くとそのあと丸二日休めるから、おかあさんはそっちにしてるんだって。その方が僕といられる時間が長いから」

私は聞かないつもりでも、タカシはいろんなことをよくしゃべった。ご飯もたくさん食べ、お風呂のシャワーがうれしいらしく、私が頭をごしごし洗ってやったあとも、長く一人で風呂で遊んでいた。ベッドは落ちそうで嫌だというので、カーペットの上に布団を敷いて二人で寝た。布団の中でもまだひたすらしゃべっていたが、私が「寝なさい」と言うと素直に返事をして静かになった。もう寝たのかなと思ったら、

「今日は良かった。一人で寝るのかと思ったらおねえちゃんと寝れたから」

と言った。私が何か答えようとして顔をのぞきこむと、今度はもうスースーと寝息を立てていた。子供なんだなあと思った。子供なのに、こんなに小さいのに、ときどきひとりぼっちであの部屋で眠るんだなあと思った。私はタカシの寝顔を見つめた。子供は親を選べない。タカシのおかあさんがどんな気持ちでタカシを育てているのかも私にはわからない。でもタカシは、「おかあさんはいつもすごくがんばっているんだ」と何度も言った。「僕のために一生懸命働いている。だから僕はおかあさんが帰ってきたとき、家で待っててあげなきゃいけない。『おかえりー』って僕が言うとおかあさん、すごくうれしそうに笑うんだよ」と言った。この子に待たれている母親が少しうらやましかった。この前まで待たれていると勝手に思いこんで、今は待つ人も、待ってくれる人も私にはいない。私はタカシよりもコロよりも、ほんとはひとりぼっちなのかもしれない。タカシにそっとタオルケットをかけると、私は灯りを消した。

タカシの具合がおかしいと気付いたのは、それからしばらくしてからだった。玄関先の靴をすみに寄せた狭いスペースにおとなしく丸まっていたコロが、クンクンと鳴き出し私は目を覚ました。横に寝ているタカシの寝息が妙にハアハアと荒い。身体を触ると熱くて、私は驚いて

飛び起きた。タカシはうっすら目を開けて、

「おねえちゃん、暑い」

と言った。電気をつけると顔が真っ赤だ。熱を測るまでもないと私は思った。あわてて身支度するとひどく咳き込むタカシにタオルケットを巻いて、玄関先にタクシーを止め、タカシを引きずるようにして乗せた。玄関を出るときコロが一緒に外に出て私たちについてきた。タクシーが走り出すとコロも道路を走り出した。いつものとぼとぼとした歩き方と違って前足をそろえ、飛ぶようにしてついて来る。でもリアウィンドウのコロはどんどん小さくなり、最後に雨の中に立ち止まるコロが見えた。鳴いたことのないコロが、空に向かって何度もほえている。タカシの身体を抱きしめながら私は心細さで震えていた。

「コロ、待っててね。タカシを守って」

救急病院の赤いライトが見えた。


「風邪から肺炎になってますね。咳は前からしていたと思いますが気付かなかったですか？とにかくおかあさん、すぐに入院してください」

医者におかあさんと言われてびっくりしたが、この状況では無理もない。でも私はタカシの母親のことをほとんど知らなかった。今どこにいるのかさえも。

タカシはレントゲンを撮られ、マイコプラズマ肺炎と診断された。抗生物質を飲めば命にかかわる病気ではないと言われてほっとしたものの、今夜このまま母親に知らせなくていいものか、私は迷った。

タカシは点滴を受けて落ち着きを取り戻し、ベッドで静かに眠っていた。そっと小さな手を握るとまだ火のように熱い。でもタカシはすぐに力を込めて握り返してきた。少し目を開いてタカシが言った。

「おねえちゃん、ごめんね。ソーセージのこと黙っててくれたり、今日は泊めてくれたり……」

私は首を横に振って笑った。

「おねえちゃん、コロはどうしたかなあ」

「コロね、タクシーを一生懸命追いかけてきたよ、びっくりするくらい速く走って」

私が答えると、タカシも少し笑った。

「またひとりぼっちになると思ったのかな、そんなに速く走れるなんて僕も知らなかった」

「でもやっぱり途中で見えなくなっちゃったよ。ほらもうしゃべらないで」

私が言うとタカシは荒い息の中、心配そうに言った。

「道に迷ってないかな。また神社に戻れたかなあ」

「大丈夫よ」と私は言った。「それよりおかあさんに連絡しよう。電話番号、わかる?」

タカシは母親の携帯番号をスラスラと告げると、また眠りについた。

私は廊下の公衆電話から電話をかけた。財布だけ引っつかんで出てきたので携帯も持って来ていなかった。母親の携帯は留守番電話になっていたが、病院の名前と容態のメッセージを残し、電話を切った。台風はそれていったのだろうか、雨はずいぶん弱くなっている。私は廊下の長椅子を拝借して少し横になった。メッセージは届くだろうか、母親は来るだろうか。私はいつの間にか眠りに落ちた。

タカシの母親が病院に駆け込んできたのは、朝の五時過ぎだった。私はすっかり寝入っていて看護師さんと母親に揺り起こされて目を覚ました。私は寝ていた自分が恥ずかしかったのも手伝って、いきなり母親に、

「どこへ行ってたんですか！」

と詰め寄ってしまった。母親は相変わらずの濃い化粧で、でも今度は私に頭を下げた。

「おせわになりました。今見ましたが、よく眠っていました」

母親は私の横に並んで腰掛けた。私もクシャクシャになった髪を手で整えながら座り直した。タカシのためにも言いたいことは言おうと思った。でも私より先に、母親が話し始めた。

「夜に子供を一人置いて行くのは心配でかわいそうなんですけど……私、バスガイドをしてい

るんです。よくあるでしょう、バスで往復する温泉の旅みたいな、ああいうのにくっついて一泊してくるんです。昨日は一番遠い東北の方まで行ってまして……でもちょうど東京行きの夜行バスに乗せてもらえたんです。あの留守番電話入れてくださったから戻れました」

私はその疲れた口調に勢いをそがれてしまった。そういう仕事だったのかと思った。近くで見るとアイシャドーもマスカラも剥がれ落ちて、黒いシミみたいになっている。

「若い頃もバスガイドをしてたんです。その会社がまた来ていいと言ってくれて……でも昼間は若い子が大勢入ってますから、私なんかは一泊する仕事を入れてなんとかやっていくしかなくて。その方がお金も少しはいいもんですから……」

私は母親の話に黙ってうなずいていた。会ったらああも言おう、こうも言おうと思っていたけれど、母親が一人で一生懸命タカシを育てていることが、そのぐったりした姿から十分に伝わってきた。結局私はひとことだけ言った。

「手遅れにならなくて、よかった」

母親は何度もうなずいて私を見た。

「本当にありがとうございました。この前は私、失礼なことを言ってしまって……子供がもの欲しそうにしていたのかと思ったら、悲しくなってしまって……」

母親はうつむいて小さな声で言った。

「どんなにがんばっても、どうにもならないことがあります。子供を育てていると……」

私は昨夜、「おかあさんはすごくがんばっている」と何度も話したタカシの顔を思い出した。

「だけどタカシくん、いつも待っててくれるんでしょう? 誰かが待ってる部屋に帰れるなんて、うらやましいです」

母親はちょっと驚いたような顔で私を見て、初めて少しだけ微笑んだ。私はちょっと迷ったけど、思い切って言ってみた。

「あの、これからも何ていうか、大変な時、何か頼んでもらってもかまいませんから」

母親はもっと驚いた顔をして、それから顔をクシャクシャにして言った。

「そんなこと、誰かから言われたの、初めてです」


朝陽の中を神社まで来ると楠の木は穏やかに揺れていた。私はコンビニでおにぎりとソーセージを買うと、「コローッ」と呼んでみた。賽銭箱の裏も縁の下も捜してみたがコロの姿はどこにもない。本当に迷って戻れなくなっていたらどうしよう、そんな思いでマンションまで来ると、ドアの前に見覚えのある汚いかたまりがうずくまっている。

「コロ!」

コロは顔を上げて目をしばたたかせ、おずおずと近づいて来た。早朝でまだ管理人には見つかっていないようだ。

「コロ、私を待っててくれたの？」

一度来ただけの私の部屋をコロは覚えていてくれた。ここに雨の中戻って、タカシと私を待っていてくれたのだ。うれしそうに足踏みするコロに私は言った。

「タカシはね、すぐに元気になって戻ってくるから心配ないよ。タカシもあんたのこと心配してた。だからちゃんと言ってきたよ、コロは大丈夫、きっとタカシを待っているからって」

コロは精一杯しっぽを振って私の顔をぺろりとなめた。私はコロを抱きしめた。ずぶぬれのままここで私を待っていたらしいコロの体からは、濡れた草地のような雨の匂いがした。目を閉じると、この街で暮らした今までのいろんな自分が通り過ぎた。いつだって一生懸命だった。私だって精一杯がんばってきたじゃない、と思った。泣いたりしなくていい、そんな気持ちが胸を満たした。新しくどこかへ行かなくても、ここでまたやり直そう。うぬぼれていた情けない自分だけれど、この街でしっかり向き合って生きていこう。そしていつかまた、大切な誰かに「待っているから」と言ってもらえる自分になろう。

ゆっくり目を開けると少し深みを増した青い空がまぶしくて、どこまでも高かった。

パパ頑張って

「昨日、一緒にいたの親父だろ?」

一時間目の休み時間、私が次の授業の教科書を机の中から探しているとき、山崎健太郎が声をかけてきた。顔を上げると、健太郎と、健太郎がいつもつるんでいる男子三人がニヤニヤしながら立っていた。

「昨日……?」私は思い出した。昨日の日曜日、私がパパと近所の大型スーパーに買い物に行った時、入口でガチャガチャをしている健太郎たちに会っていた。

「そうだけど?」私が言うと、

「やっぱりな!」「あのブタが親父だってさ!」男子たちは顔を合わせゲラゲラ笑い始めた。

私のパパは体重が百キロを超えるかなりの太め。そういえばパパを見て、健太郎たちはヒソヒソと耳打ちしてたっけ。

「すっげぇデブだよな、歩き方も変だしよぉ」健太郎はパパの歩き方をマネて、ガニ股でのっしのっし歩く。クラスの皆はそれを見てクスクス笑った。

「だから何?」私はキッと健太郎たちを見据えた。こいつらの魂胆はみえみえだ。私に仕返しがしたいのだ。

先週、健太郎たちは学校で禁止されているカードゲームを持ってきて遊んでいた。クラス委員長の私が何度注意してもやめないから、私はそのカードを取り上げ、担任の水口先生に渡したのだ。水口先生は可愛い女の先生だけど、怒ると結構怖い。先生にこってり絞られて戻ってきた健太郎は、「ふざけんなよチクリ魔」と恨みがましく私を見ていた。

「ブタ親父の子供だからお前はブタ子だ!」「アハハ、ブタ子、超ウケる!」

「はぁ? 何言ってんの?」私が怒ると、そのリアクションに気をよくした健太郎たちはさらにエスカレートした。「ブタ子〜ブタ子〜」と勝手にメロディをつけフガフガとブタ鼻を鳴らし始めた。「やめてよっ!」私が立ち上がってやめさせようとすると、男子たちはひらりと散って、さらにブタ鼻を鳴らす。

結局、男子たちの悪ふざけは一日中続き、私が通るたびにブタ鼻を鳴らしてからかった。

もう、ムカツク!

「まったく、もう四年生にもなるのに、ほんと男子ってガキなんだから!」

家に帰ると、私はおやつに出されたクッキーにも手をつけず、ママに今日のことを話した。「フフフ、ブタ子だなんて、ひねりのないあだ名ねぇ」ママはティーポットから紅茶を注ぎながら呑気に言う。「ママッ私、いじめられてるんだからねっ！」私が怒ると、ママは「ゴメンゴメン」とまた笑った。

「私も何回もダイエットさせようとしたんだけど、パパはダイエットが全然成功しないのよねぇ」ママはため息をつきながら、「まぁ私のせいかもしれないけど」とつけ加えた。

「どうしてママのせいなの？」

「パパ、結婚前はそんなに太ってなかったのよ。でもママの料理が美味しいらしくて、よく食べるようになって……」

「ふーん、つまり『幸せ太り』ってやつなんだ」

「まぁそうね、でも太りすぎは健康に良くないから、本当は痩せてほしいのよね」

「えっ、太ってるって良くないの？」私は思わず身を乗り出し、あやうくティーカップを倒しそうになった。

「そうよ。太っていると、糖尿病とか高血圧とか心臓病になりやすいの」ママは教えてくれる。

知らなかった……。私は太ったパパが好きだった。ふかふかの手もプヨプヨのお腹も、触ると柔らかくて暖《あった》かい。笑うと頬についたお肉が持ち上がり、目がなくなるくらい細くなるパパの優しい顔も大好き。だから太ってても全然気にしていなかった。

でも健康に良くないならまずいじゃん！

「パパをダイエットさせなきゃ！」私はママに言った。


「あぁお腹減ったぁ」仕事から帰ってきたパパがダイニングのイスにどっかりと座ると、私とママはその横と前に座りパパを取り囲んだ。

「ねぇ聞いてよパパ」と、私がさっそく今日、男子にからかわれた話をして、「私、パパの事をからかわれるのは嫌なの。太ってるって健康に良くないみたいだし、ダイエットしようよ」と切り出すと、パパはビールを飲みながら「うーん、パパはダイエットに向いていないんだよなぁ」と渋った。「でも太ってる人って病気になりやすいんだよ、えーと、糖尿病とか、心臓病とか」私はさっきママから聞いた受け売りの話を必死でした。「パパにはずっと元気でいてほしいの、ね、ダイエットしよう」するとママも「そうよパパ、この前の健康診断でも高度肥満って診断されたでしょ？　少しは痩せないと」と援護してくれた。

「パパ、私も協力するからさ、ね、ね」私とママで必死に頼むと、パパは飲み終えたビールのグラスをタンと置き、「凛ちゃんとママにそこまで言われちゃ嫌とは言えないなぁ、よし、じゃぁやってみるかぁ」とついに決心してくれた。

「やったぁ！」私がパチパチ手を叩いて喜ぶと、ママは「じゃぁついでにタバコもやめましょう」とすかさず禁煙の約束もとりつけた。ママ、やるなぁ！

次の日、私は図書館からダイエットの本をたくさん借りて帰り、ママとどんなダイエットがいいか話し合った。「パパは無理に食事制限してもきっと続かないから、バランスの良い低カロリー料理を三食きちんととって、あとは毎日運動することにしましょう」と決め、ママは料理担当、私は運動担当になった。

「パパ、起きて！」

翌朝から私は五時半に起きてパパを起こした。パパと毎朝マラソンすることにしたのだ。パパは夜は仕事で遅いから、毎日運動できるのは朝しかない。「あぁ凛ちゃん……」パパは眠い目をこすりながらのそのそと起き上がった。

スウェットに着替えて玄関に現れたパパを見て、私は顔をしかめた。パパは肩に大きな一眼レフのカメラをぶら下げていたのだ。

「何でカメラなんか持ってきてるの？」

するとパパはファインダーを覗きながら呑気に言う。

「せっかくだから、走る凛ちゃんと、朝の風景が撮ってみたくてさぁ」

私は大きくため息をついた。パパはカメラが趣味で、うちの壁や棚にはパパの写真がいっぱい飾ってある。写真を撮りたい気持ちも分からなくはないけれど……。

「パパッ、遊びじゃないんだからねっ、それ置いてって」私はピシャリと言った。パパは「えぇ、今日だけでもダメ？」と粘ったけど、私の顔がどんどん険しくなるのを見て、諦めてカメラを靴箱の上に置いた。


こんな早朝にマラソンするのは初めてだった。近所に大きな公園があるせいか、深呼吸するとしっとりした空気の中に緑の匂いがした。顔を上げると、昇ったばかりの太陽が空を鮮やかに照らし、街路樹が朝露でキラキラと輝いている。

私は自然と顔が綻《ほころ》んだ。朝のマラソンがこんなに楽しくて気持ちいいなんて、全然知らなかった。足どりが軽くなり、ペースが速くなっていく。気がつくと、並んで走っているはずのパパの姿が見えなくなっていた。

振り返ると、パパははるか後ろにいた。それだけならまだしも、マラソンをやっていなかった。犬の散歩をしている仲良しの駅前のカメラ屋さんのおじさんと、その子供とお喋りしていたのだ。幼稚園児くらいの子供がパパに「お相撲さん」とか言ったのだろう、パパは四股《しこ》を踏むマネをして遊んでいた。

「パパッ何やってんのっ！」私は大声で怒鳴った。明るくてお調子者のパパは好きだけど、今はそんな場合じゃない。

頭から湯気が出そうなほど怒っている私を見て、パパは「ごめんごめん」と慌てて走ってきた。それからはまじめに走り続けたけど、近所のおばさんに「あーら娘さんとマラソン？　いいわねぇ」なんて声をかけられると、「えへへ、そうなんですよぉ。奥さんも一緒にどうです？」なんていちいちお喋りするから、すぐに息があがり、足踏みしているようなペースになってしまった。そのうちウォーキングしているおじいさんにまで抜かれるようになり、結局、予定していたコースの半分も走れなかった。

シャワーを浴びてすっきりしてキッチンに行くと、ママ特製のダイエット料理が並んでいた。ひじきと大豆の煮物、インゲンと人参のごま和え、だし巻き玉子、根菜の味噌汁、色どりが綺麗でどれもすごく美味しそう。「わぁすごいねぇ」とパパも顔を綻ばせた。だけどママが半盛りのお茶碗を置くと、「ご飯これだけぇ」とパパは身を乗り出した。「しっかり噛んで、ゆっくり食べればお腹いっぱいになるわよ」とママに言われ、パパはガクリと肩を落とす。その姿はエサを貰えないシロクマのようで、私はなんだかとっても可哀想になって、「もっと食べてもいいんじゃない」って言いそうになったけれど、そこは鬼になってグッと我慢した。

「パパ、すごい！　また減ったよ！」

朝のマラソンが終わった後、体重計に乗るのがいつもの日課になっていた。最近は、私もパパもこの瞬間が楽しみで仕方ない。ダイエットを始めてから二週間、パパは三キロも痩せていた。「何だか体が軽くなって調子が良くなってきたよ。凛ちゃんとママが頑張ってくれるおかげだなぁ」とパパも嬉しそうだった。

この調子で続ければ、何ヶ月後かにパパの体重は標準になる。そうしたらもう太ってるなんて言われない！　やっぱりダイエットを始めて良かった、スリムになったパパはどんな姿になるんだろう……給食の時間、私がウキウキしながら配膳したトレイを机に置くと、斜め前に座る健太郎が「お前今日は共食いじゃん」と言ってきた。

「何言ってんの？」私が言うと、健太郎はポークソテーを指し、「ブタ子がブタ食ったら共食いじゃん！」とニヤリとした。

「私はブタ子じゃないよっ！」

「ブタ子だろ、親父がブタなんだから」

「パパはブタじゃない！　もう太ってないんもん、ダイエットして痩せたんだから！」私はむきになって、つい嘘を言ってしまった。

すると健太郎は「ふーん」と呟き、「お前の親父、授業参観に来るんだったよな……」と掲示板に貼られた行事カレンダー見た。私は内心「しまった！」と青ざめた。「じゃぁそんとき、どのくらい痩せたか見てやるぜ」私の嘘を見抜いたかのように健太郎は意地悪そうに笑う。私は「ふん、見てなさいよ」と言いつつも動揺でスプーンを持つ手が震えてしまった。

まずい、来月までに絶対パパを痩せさせなくちゃ！

それからも毎朝、私はパパとマラソンを続け、ママはダイエット料理に精を出した。

パパは今までお昼は外食だったけど、それだとカロリー計算が出来ないということで、ママは毎日お弁当を作って持たせた。パパのお仕事は建設会社の営業で、お調子者のパパがいると宴会が盛り上がるらしく、よく接待や飲み会に呼ばれ、週に一、二回はお酒を飲んで帰る事がある。ママはおつまみのカロリー表を作ってパパに渡し、お酒を控え、揚げ物と炒め物は食べないようにと指導し、「付き合いのお酒は二回に一回は断るように」と言った。日曜になると、私はパパを公園に連れて行って、縄跳びやダイエット本に載っていた体操を一緒にやった。

パパもママも私もすごく頑張っている。それなのに……最近パパの体重が落ちなくなってきた。それどころか前の体重に戻りつつある。

「また増えちゃったよ！　どうして!?」昨日より五百グラムも増えてしまった体重計を見て私が愕然とすると、パパは頭をかきながら、「リバウンドしちゃってるのかなぁ、まぁ気長にやっていこうよ」と言った。そんな呑気なパパを見て、私はキリキリと奥歯をかみ締めた。

授業参観はもうすぐなのに……このままじゃまずいよ！

どうしてパパの体重が落ちなくなったの？　ダイエットのやり方が間違っているの？　ママにもっと食事を減らしてもらうように言おうか……そんなことを考えながら眠りについたせいか、夜中に目が覚めてしまった。ついでにトイレに行こうと部屋を出たとき、廊下においしそうな匂いが充満していた。明かりのついているリビングを覗くと、何とパパがタバコを吸いながらカップラーメンを食べていた。

「パパッ何やってんのっ！」私が声をあげると、パパはビクリと肩を震わせて振り返った。

「り、凛ちゃん……」

パパはお酒を飲んだ後らしく、顔が真っ赤になっていた。見ればテーブルの上にはすでに食べ終わったカップラーメンがもう一個転がっていた。私とママは間食も、タバコも、夜九時以降の食事も禁止していたのに、パパはそれを全部破っていたのだ。

「もしかして、ずっと隠れて食べてたの⁉」私が厳しく問い詰めると、「お腹が空いて、どうしても我慢できなくて……」パパは肩をすぼめながら白状した。私は頭がクラクラした。こんなことしてたから、痩せるわけがなかったんだ！

「ひどいよパパ、約束やぶるなんて！」私が怒ると、パパは顔の前で手を合わせ「ごめん、ごめんよ」と何度も頭を下げた。

「許せない！　私、パパが太ってるって学校の皆に笑われちゃうんだよ！　パパ、それでも平気なの？」もう授業参観は来週なのに、こんな事じゃパパが痩せるわけないじゃない！　私は怒りが収まらなかった。あまりの私の剣幕に、寝ていたママも「どうしたの？」と起きてきて、テーブルに転がるカップラーメンとタバコの吸殻を見て、眉間にシワを寄せた。

怒りに震える私と仁王立ちするママに挟まれて、ソファに座るパパはこれ以上できないくらい小さくなった。

私はてっきりママも加勢して、パパを叱ってくれるかと思った。なのに……ママは私を見て言った。「凛ちゃん、パパはお酒を飲んでちょっと気が緩んじゃったのよ。もうこんな事やらないから許してあげて」

私はびっくりした。ママは私のほうをなだめた。どうしてパパの味方するの？　ママだってあんなに頑張ってたのに、裏切られて腹が立たないの？

「もう遅いから凛ちゃんは寝なさい」という突き放したママの言い方にカッとなった私は、「パパなんか大嫌いっ！」と捨て台詞を吐いて、部屋に戻った。

パパなんか大嫌い。パパの味方をするママも大嫌い。私の頑張りを無駄にして平気でいられるなんて。学校でパパが笑われる事が、私にとってどんなに嫌な事なのか、分かろうともしないで……。

翌朝、私は早起きしなかった。もうパパとマラソンするのをやめた。

だけとパパは一人でマラソンしてきたらしい。私が顔を洗いに洗面所に行くと、洗濯カゴにはいつも通り、汗びっしょりのスウェットが置いてあった。キッチンに行くと、シャワーを浴び終えたパパが、タオルを肩にかけながらご飯を食べていた。朝食はいつも通りお茶碗半分のご飯と野菜たっぷりの料理。パパのお弁当も用意されていた。私は黙ってパパとママを交互に見た。二人はダイエットを続けるようだった。

「昨日はごめんね」パパはすまなそうに謝ったけど、私は無視してご飯を頬張った。

その夜、パパは万歩計を買ってきた。それをつけて、通勤でも会社でも、うちの六階のマンションに上がるときでも階段を使うようになった。パパとママは黙々とダイエットを続けていた。でも私は協力しなかった。私の努力を踏みにじったパパが許せなかったし、もう授業参観までに痩せられないから、やっても無駄だと思った。

数日後、目が覚めて目覚まし時計を見ると、五時半だった。習慣でついマラソンの時間に目が覚めてしまった。すると、リビングでパパとママが話している声が聞こえた。

「いたたっ」「ちょっとずれちゃったかしら、もう一回……」

私がリビングを覗くと、ママは「急に頑張るからよ」と言いながら、パパの右膝にテーピングをしていた。どうやらパパは膝を痛めてしまったらしい。

「今日はやっぱりやめておいたら？」ってママが言うけど、パパは、「行ってくるよ」と痛む膝を撫でながら、のっそりと立ち上がった。

「行かなくていいじゃん」私は思わず言ってしまった。「足痛めてるならマラソンなんかしないほうがいいよ。どうせ今から頑張ったって明日までに痩せられるわけじゃないんだし」

明日は授業参観だった。でももう間に合わないし、そんなに頑張る必要はなかった。だけどパパは「うん、でも、ちょっとだけ走ってくる」と弱々しい笑顔を見せて、玄関を出ていった。

私はその後ろ姿を見送りながら首をかしげた。パパはなんでそこまでして頑張るんだろう？

「明日の五時間目は授業参観です。みんな緊張しないで、いつも通りでいてね」帰りの学級会で水口先生が言った。それを聞いて健太郎が意地悪そうに私を見る。

明日の事を考えると、私は気が重くなった。明日、太ったパパを見て、健太郎たちはまたからかい、私は嘘つき扱いされるのだ。それを想像すると、私の胸はキリキリ痛んだ。

いっそ明日は学校を休もうか……。私がリビングのソファでクッションを抱えながらうだうだ考えていると、玄関のチャイムが鳴った。ママは揚げ物をしていて手が離せないから私が出ると、宅配の人だった。「寝室にハンコがあるからそれで応対して」とママに頼まれ、私はハンコを取りにパパとママの寝室に行った。

部屋に入ると、私は出窓に飾ってあるたくさんの写真立てに目が行った。パパは自分で撮った写真を出窓に並べていた。パパとママの結婚式の写真、私の七五三の写真、幼稚園の入園式、小学校の入学式といつも並んでいる写真立ての中に、新しい写真があった。

それは私が赤ちゃんの時の写真だった。パパに笑顔でだっこされている赤ちゃんの私は、両手と頬にガーゼが当てられていた。

こんな小さなときに私は怪我でもしたのだろうか、私は不思議そうにその写真を見た。そしてその赤ちゃん写真の後ろには、何も入っていない写真立てが五つも並んでいた。

「あの写真立て何なの?」リビングに戻った私は、すぐママに聞いた。

「ああ、あれ?」ママはフフッと笑いながら「あれはパパの決意表明なの」と言った。

「決意表明？」

ママは教えてくれた。

あの日、パパがこっそりカップラーメンを食べているのがバレた日、ママはパパをしっかり叱っておかないとダメだと思ったらしい。そのため私を先に寝かせたのだった。

「パパ、これをよく見て」

寝室でパパと二人きりになったママは、キャビネットからパパの今までの健康診断表を取り出し、ベッドに並べた。そして、血圧、血糖値、コレステロール値が年々上がり正常値を超え始めているのと、去年は不整脈が出て、要経過観察になっている事を指摘して言った。

「これどういうことかわかる？　パパはこのままでいくと将来なんらかの病気になる可能性が高いの。長生きできないかもしれないのよ」ママのきっぱりとした口調に、パパはハッと目を見張った。

「もしパパに何かあったら私や凛ちゃんはどうすればいいの？　パパは凛ちゃんが退院できた時、何て言ったか覚えている？」とママは強く問い詰めたらしい。

「退院？……私って、入院したことがあるの？」初めて聞いた私はびっくりした。

「凛ちゃんが生まれたときにね……」ママは少し眉間にシワを寄せ、遠い目をした。

私は予定より二ヶ月も早く産まれてきてしまったらしい。超低体重で、しかも臍の緒が首に絡み、息をしないで産まれてきた私は、すぐにNICUという赤ちゃんの集中治療室に入れられた。お医者さんからは早産の後遺症で発達障害が起きるかもしれないと説明され、ママはすごく落ち込み、「小さく産んじゃってごめんね」と、自分を責めた。

パパは仕事が終わると毎日NICUに寄り、面会終了の夜十時ギリギリまで私の傍につきそってくれていたという。家に帰るとパパは「ママに似てると思ってたけど、今日笑った顔をよくみたら僕にそっくりだった」とか「今日、お医者さんと一緒に保育器を覗いたんだけど、僕のほうをジッと見ているんだ。もう僕がパパだって分かるのかも」「今日はずっと手足をバタバタ動かしていたよ。もう大丈夫だ。絶対元気な子になるよ」と、赤ちゃんの他愛のない話をして、不安がるママを「大丈夫、大丈夫」と励まし続けてくれたのだという。

そして二ヶ月後、やっと保育器から出された私を抱きしめた時、パパは初めて涙をこぼした。今まで気丈にママを励まし続けてくれたから、ママはびっくりしたらしい。パパは緊張の糸が切れ、安堵の涙が止まらなかったのだ。そして私に頰ずりしながら、「パパが一生守るからね、絶対に絶対に守るから」と何度も言ったという……。

あのガーゼのついた赤ちゃんの写真はその時の写真だったのだ。私が産まれた時、パパとママがそんな苦労をしていたなんて、今まで私は全然知らなかった。

パパは私が産まれた時から写真が趣味になったらしい。パパには私の成長がとにかく嬉しくて、その一つ一つを記録せずにはいられなかったのだ。

「パパが病気になったり、万が一死んじゃったりしたら凛ちゃんを守ることは出来なくなるのよ。パパはそれでも平気なの？」ママが言うと、パパは深くうな垂れて嗚咽したという。

翌日、パパは万歩計と一緒に新しい写真立てを六つ買ってきて、その一つに私が退院した時の写真を入れた。

「残りの空の五つは何なの？」私が聞くと、「これから入れる予定の写真立てなんだって」と、ママはひとつひとつ指を折りながら教えてくれた。「凛ちゃんが中学に入った時の写真、高校入学の写真、成人式の写真、結婚式の写真、そして孫が産まれた時の家族写真なんだって。パパは自分を頑張らせるためにそれを並べたの。その写真を撮り終わるまで、自分は元気でいるんだって、毎朝起きるときにそれを見て思うようにしているの」

「パパ……」私は胸の中から温かいものがこみ上げ、鼻の奥がツンとなった。

パパがダイエットを続けるのは、私のためだったのだ。私が大人になって自立するまで私を守ると誓い、その誓いを守るために、パパはダイエットを頑張り続けていたのだ。

「パパ、格好いいね」私が言うと、「そうなのよ、案外格好良かったのよ」とママも微笑んだ。

私はママの料理を待っている間、リビングを見渡した。いつもママが綺麗に掃除してあるリビングには、パパが撮った家族写真が綺麗に並べてあり、それは家族のイベントごとに更新されている。それらを眺めると、私はパパとママに『守られているんだな』ってしみじみ思った。パパもママもいつも呑気に楽しくしているけど、私の事を常に気にかけて大切に守ってくれてたんだ……。

翌朝、マラソンに出ようとするパパを呼びとめ、「一緒に行っていい?」と聞いた。するとパパは本当に嬉しそうに、「もちろんだよぉ」ととろけるような笑顔を見せた。

やっぱり早朝のマラソンは楽しかった。パパも同じみたいで、ニコニコしながら走っている。私はパパのペースに合わせて、ゆっくり並んで走りながら思った。

今日の授業参観で、私はクラスの皆に堂々とパパを紹介しよう。私のパパは太っているけど、ちっとも恥ずかしくない。家族思いで頑張り屋の、世界一立派なパパなのだ。

久しぶりに吸った朝の空気は清々しく、私は思いっきり深呼吸した。

火事場の馬鹿

昨日はちょっと飲みすぎたか……胃がもたれとる。

お腹をさすりながら城田謙次郎《しろたけんじろう》がリビングに入ってきた。寝ぐせのついたボサボサ頭で、寝巻の袖はヨレヨレだ。黙々とアイロンをかけている妻の加奈子が、謙次郎に気付いて顔をあげた。

「休みの日ぃくらい寝てたらいいのに」

「勝手に目ぇ覚めんねん」

謙次郎は不機嫌なのか、眠いのか分からない曇った顔で、辺りを見回す。あれ、あれがない。足の裏が冷たい。

「俺のスリッパ、どこや」

「その辺にあるでしょ。お父さんのなんか誰も履かへんよ」

お父さんのなんか、の一言が耳についたが、まあいい。こんな風に言われるのはいつもの事だ。謙次郎は一階をウロウロ歩き回り、トイレの前でスリッパを発見した。ああ、小便行って履かずに布団に戻ったのかー、と昨日の晩を思い出した。

スリッパを履いてリビングに戻ると、中学生になる息子の剛志《つよし》が、バタバタとやってきた。食卓に用意されたパンを頬張る。

「お前、日曜も学校か?」と聞くと、剛志はパンを口に入れたまま無愛想に「進学クラスは忙しいの」と答えた。謙次郎は「ああ」とだけ返事をし、ソファーに寝転がる。

「母さん、シャツ」

「はい、あと十五秒!」

朝から戦場やなここは、と謙次郎は傍観する。

「今日はー? 部活遅いのー?」

「うん、六時まで!」

シャツを受け取った剛志が部屋から飛び出して行った。つい数日前まで知らなかったのだが、剛志は合唱部に入っているらしい。自分の息子が文化部に入っているという事実は謙次郎にとって受け止めがたいことだった。剛志は野球部に入ると思っていたからだ。

剛志が小さい頃は、休みの日になると公園に出掛け二人でキャッチボールをした。剛志の速球を受け止めるたび、もしかしてプロになれるんじゃないか、と思ったりした。そんな淡い期待を抱き、剛志が小学校に上がるとリトルリーグに入れてやった。……なのに、どこでどうなって合唱部に？　コーラスに興味を持つように育てた覚えはない。

「剛志の合唱部ね、こないだのコンクールで金賞獲ったらしいんよ」

加奈子が嬉しそうに言うが、謙次郎はリアクションに困った。興味がないという顔を作り
「そうか」と言ってテレビをつけた。

「おっ」

ちょうどスポーツコーナーが始まったところだった。謙次郎は身体を起こし、食い入るように画面を見る。昨日の阪神VS巨人戦のダイジェストが流れた。……昨日の試合は良かったなぁ。下柳が先発でよう頑張ったんや、と昨日の試合を振り返りにんまり。謙次郎は大の阪神ファンなのだ。

「行ってきます」

玄関の方から高校生の娘の梨香……であろう声がした。プロ野球ニュースに集中しすぎて梨香の声を聞き逃すところだった。そういえばここ数日、梨香の姿を見てへんなぁと謙次郎は心の中で呟く。年頃の娘だから、父親を煙たがってるんだろう。

「あいつどこに行くんや」と加奈子に聞く。

「バイト」

「ええ、あいつバイトなんかしてるんか」

「知らんかった？」

そういえば最近、梨香の帰りが遅くても、加奈子は心配もせずのん気におかずにラップをしていた。……まさかうちの娘がアルバイトをしているとは。いったい何のバイトをしてるんや？　なんのために？　それに、なんで俺には内緒なんや？　そういうことは父親に了承を得ておくもんやろ。

……ま、ええか。思春期の娘は何考えてるんか、わからん。最近、謙次郎はそう自分に言い聞かせつつ、遠い目をした。

梨香は賢い子だった。小学校も中学校も成績はクラスで一番。毎回、百点のテストを持って帰って来る娘に「頭の出来は、俺に似なくてよかったなぁ」と目を細めて喜んだ。梨香はお父さんっ子で、休みの日は謙次郎にべったりだった。一緒に買い物に出掛けたり、ルールも分からないのに甲子園球場について来たりもした。トラッキーの着ぐるみを見て「ミニーちゃん、まだ？」と尋ねる姿はたまらなく可愛かったものだ。いつかはディズニーランドに連れてってやろう、そう思ってたのに。いつの頃からか梨香は謙次郎を避けるようになっていた。

まあ、そういうもんだろ。オヤジというのは、嫌われるもんだ。自分にそう言い聞かせながらも、はぁーと溜息が出る。

「じゃ、同窓会に行ってくるから。ご飯適当に食べといてね。冷蔵庫の中なんでもあるから。ざる蕎麦とか、冷凍チャーハンとか……」

でも謙次郎からしたら、蕎麦を茹でるのも、冷凍チャーハンをチンするのも正直、面倒くさい。昼前になると胃のもたれはどこへやら、代わりに小腹が空いてきた。

「ちょっと散歩がてら行って来るか」

と謙次郎は重い腰を上げ、長年愛用している緑のシャツに着替えた。

近所のコンビニで弁当とビールとつまみを購入。帰り道は、上機嫌でお散歩モードだ。梅雨のじめじめした空気はどこへ行ったのか、今日はカラッと晴れたいい天気だ。雲ひとつない空に初夏の風が涼しい。

ウォーキングでもしたら気持ちいいやろうなぁ。始めようかなぁ、ウォーキング。謙次郎はキツくて入らなくなった三本のズボンを思い出し、腰をひねりながら早足で歩いてみた。

ハァ、ハァ……。

100メートルしか歩いてないのに息が切れる。あかん、しんどい。今日はまぁ、このくらいにしとこう。コンビニの袋から、ビールが顔を出している。運動の後のビールは美味いだろうなぁ、なんて事を考えていると、いつの間にか家の前まで着いていた。

あれ、タクシーが止まってる。隣の家から大きなトランクを持った藤沢夫婦が出てきた。

「ご旅行ですか？」と陽気に話しかける謙次郎。

「ああ、城田さん。そうなんですよ一週間ほどオーストラリアに行ってきます」

「へー、えらいインターナショナルですなぁ」なんて訳の分からない愛想を言ってみせる。

隣に住む藤沢さんは大手商社に勤めるエリートサラリーマンで、趣味は海外旅行。奥さんは器量の良さそうなおとなしい人だ。謙次郎からすると別世界の人たちだった。

「城田さん、こんにちは！」と藤沢家の一人娘が出てくる。

「おい愛美、パスポートは持ったか？　テーブルの上に置きっぱなしやったぞ」と声をかける藤沢さんに、娘さんは輝かしい笑顔で
「持った持った！」と答える。

清楚なワンピースを来て、いっちょまえに大きなスーツケースを持っている。梨香の一コ下って言ってたかな。年頃やのに、家族揃って旅行なんてどういうこっちゃ。うちの梨香なんて最近口も聞いてくれへんのに。どうやったらこんな風に育つんんや。

「じゃあ城田さん、留守中よろしくお願いします」

楽しそうにタクシーに乗り込む姿を見送る。旅行か……最後に行ったのはいつやったかな…

…とおセンチになりそうな自分に気付き、頬を叩く。

「あかん、うらやましいとか思ってへん！　思ってへんぞっ」

謙次郎は自分にそう言い聞かせ、家に戻った。

「今日は暑いなー」

窓を開けると、眩しい日差しと涼しい風が舞い込む。

テレビをつけ、程なくするとデーゲームが始まった。阪神VS巨人戦だ。「よっ、待ってました！」と叫ぶ声はきっと外にまで漏れている。謙次郎はテレビの前のソファーを陣取る。プシュッっとビールの蓋が開く。好物の唐揚げを頬張り、ビールで流す。

……ぷっはー！　最高の贅沢や！　天気はいいし、口うるさい女房はおらんし、昼間からビール飲んでタイガース応援して……。旅行になんて行かんでも、こんな素晴らしいバカンスがある。ここは天国や！　と謙次郎は満足気にのけぞった。

「打ったーっ！」アナウンサーの声に思わず立ち上がる謙次郎。阪神の先制点！「よし、えぇぞ！　よくやった」と言いながらビールを一気に飲み干し、次の缶に手を伸ばす。

試合は進み九回表。阪神の選手のエラーに「あぁー！」と声をもらす謙次郎は、真っ赤な顔で喝を入れる。「もっと気合い入れんかい、気合い！」冷蔵庫に冷やしておいた四本目のビールを取りに行こうと立ちあがったその時だった。謙次郎の鼻がぴくっと動いた。

なんや、煙たいな……

ビールを手にし、テレビの前に戻ると、阪神の攻撃が始まっていた。試合の行方を横目で追いながら、部屋に置きっぱなしのアイロンを持ち上げて確認をする。電源が抜かれてある。もしかして加奈子のやつ料理に火ぃつけっぱなしで行ったんか？　大事な場面やのに、とぶつぶつ言いながら台所に向かう。しかし、ガスは消えているし、異変はなにもない。

クンクン……クンクン……なんや、この臭い……なんかこげ臭いというか、きな臭いな。謙次郎は鼻をクンクンさせながら、臭いの出所を探った。

……窓の外か？　どっかで焚き火でもしてるんか？

網戸を開け身を乗り出して外を覗いた。目に飛び込んできた光景に、謙次郎はギョッとした。隣の藤沢家の二階の窓から、黒い煙がもうもうとあがっている！

「え、えらいこっちゃ！」

気が動転してうろたえるが、「お、落ち着かな」と深呼吸し、謙次郎は電話の１１９番を押した。

煙に気付いたご近所さんたちが家から飛び出して来ていた。その中にオロオロと見守る謙次郎の姿もある。

「何？　火事？」「消防車は？」「もう呼んだって」「大丈夫かいな、中に人おらんの？」と口々に騒ぐご近所さんたち。普段は挨拶程度の近所付き合いだが、こういう時はこぞって情報を共有し合う。変に団結したような感じでご近所の壁が一気に低くなる瞬間だ。

「りょ、旅行に行くって言うてましたよ！」

謙次郎の有力な情報に「ああ、よかった」と一同が安堵する。

窓からあがる黒い煙。謙次郎は見上げながら、ぐっしょり濡れた手の平をズボンで拭いた。

ボヤやろ、ボヤ、と自分に言い聞かせる。でも何が燃えてるんや？　なんでこんなにきな臭いんや？　……まさか放火？　誰か藤沢さんを恨んでたんか？　確かにうらやましい生活はしてたけど、でも恨まれるほど悪い人やない。それに、二階に放火ってどうやって——って何考えてるんや、俺！　それよりも……消防車！　遅い、遅すぎる！

謙次郎が電話してから五分以上が経っていた。消防署の場所を考えると、もう着いてもいいころだ。もしかして、道が混んでいるのかも……。他にも火事があって消防車が出払ってるのかも——あかん、あかん。不吉な事は考えんとこう。

その時「お隣さんは大変や」という野次馬の声が聞こえた。ふと目をやると城田家と藤沢家の並びの一軒家、山本さん宅の老夫婦が仏壇やら骨董品やらを外に運び出している。「燃え移ったら大変やもんね」と言う声にハッとする謙次郎。我が家と藤沢家の距離は塀を隔てても1メートルくらいだ。出火場所を考えると、山本さん宅よりうちの方が断然近い。

もし、燃え移ったら……！　謙次郎は一目散に駆けだした。

やっぱ火災保険入ってて良かった！　……いやいや、まだうちは燃えてへん！

リビングに向かって走る謙次郎。スリッパは煩わしくて途中で脱ぎ捨てた。フローリングの床ってこんなにも滑るもんかと感心しながら、靴下で走る。

「ええっと、まずは通帳、はんこ……」

手当たりしだい引き出しを開けまくる。銀行に行く用事はすべて加奈子に任せっきりだったので、通帳がどこにあるのか分からず四苦八苦。テレビの横の引き出しをひっくり返し、やっと通帳と印鑑を見つけた。でも、ホッとしてる暇はない。

「あと、高価な物っていうたら……」

通帳と印鑑を胸ポケットに仕舞いながら、キョロキョロする謙次郎。目に付いたのは部屋の隅に置かれたデジタルカメラとノートパソコンだ。デジカメは最近買ったばかり、パソコンはまだローンが残っている。これは燃えたら困る！　謙次郎はデジカメを首から下げパソコンを脇に抱えると和室に向かった。

和室には仏壇が供えられてある。一応、こういうのも持っていかないとな、体裁的に。謙次郎は仏壇に飾られた母の遺影を抱え、位牌をポケットに突っ込んだ。

荷物を抱え、外に出きた謙次郎。野次馬が増えていて、なんだか雑然としている。

……消防車、まだ来てへんのか。額に汗が伝う。謙次郎は荷物を道路のわきに置いた。ここなら安全だろう。顔をあげると野次馬がこっちを見ている。

「ま、一応ね、一応。大丈夫やとは思うけど」

謙次郎が軽く笑って見せた。と、その瞬間、ゴウッという激しい音がした。藤沢家の二階の部屋から火の手が上がったのだ。どよめく野次馬達が一斉に後ずさりする。炎と共にどす黒い煙が噴き出した。

謙次郎の背筋が凍る。や……やばい！　……本当に、燃え移ったらどないしよう！　いや、落ち着け、落ち着け俺！　と言い聞かせながらも、呼吸は浅く、パニックになっている。

謙次郎は気付いたら、我が家に向かって全速力で走っていた。


家財保険も掛けときゃよかった！

玄関で靴を脱ごうとするも慌てているせいでなかなか脱げない。

「んもうっ」

結局、片方履いたまま部屋へあがる。そんな事いちいち気にしている場合じゃない。他になんか大事な物ってあったかいな！　謙次郎は二階へ続く階段を駆け上がり寝室へ向かった。

寝室には加奈子のジュエリーボックスがある。あの中には多少高価な物が詰まってたはず。謙次郎は化粧台に置いてあるジュエリーボックスの蓋を開けた。

「うわっ」

中を覗いて一瞬のけぞった。高そうなアクセサリーがずっしりと並んでいる。あいつ、いつの間に！　でも今は妻の浪費に腹を立てている場合ではない。とりあえずどれも高そうだし持っていくか、と位牌の入ったポケットにアクセサリーを詰め込んだ。

「あ！」

箱の中から謙次郎の結婚指輪が出てきた。もうなくなったと思っていた結婚指輪と十年ぶりにご対面。とりあえず入る指にはめてみた。加奈子が取っといてくれたんか、と考えながら引き続き中を探っていると、ある物を見つけ思わず手が止まった。

箱の奥から出てきたのは猫型のブローチ。

「これ……」

手に取り見つめる謙次郎。黒猫がモチーフで、目の部分に青い石が入っている。

加奈子にあげた初めてのプレゼント。もう二十年以上前の話だ。ふとあの頃の姿が目に浮かぶ。若い頃の加奈子。ブローチを付けた嬉しそうな顔。

とっとったんか……安もんやのに。謙次郎の表情が少し緩む。

その時「ウー、ウー」と消防車のサイレンの音が聞こえた。やっと来た！　近付いてくるけたたましい音。部屋を見回すと、うっすらと煙が入ってきている。

……や、やばい！　はよせな！

鼓動が速くなる。謙次郎はブローチをポケットに仕舞うと、寝室を後にした。

普段の運動不足のせいか、これっぽっちの事で息があがる。ゼイゼイ、ハァハァ。大きく呼吸すると煙が入って、むせてしまう。指示を叫ぶ消防士の声や、騒ぐ野次馬の声に焦りが増す。

すぐ隣が剛志の部屋だ。手の平の汗でドアノブが滑る。気付いたら、全身汗だくだ。

荒い息で部屋の扉を開けると、立ち込めていた煙に思わずむせる。剛志の部屋は藤沢家に近い方角にある。煙で霞む部屋。この壁のすぐ向こうで火が燃えているのかと思うとぞっとした。

剛志の大事なもんって何や？　煙に目を細め、剛志の部屋を見渡す謙次郎。一見小綺麗で、ベッドとデスク以外何もない剛志の部屋。これじゃあ一体何を持ちだせばいいのか分からない。でも何か、なんかお宝を持っとるはずや！　謙次郎はクローゼットを開ける。するとバサバサッと山積みになったエロ本が足元に落ちてきた。「こんなん持ちだせるか！」と手に持った本を投げ捨てる。

ほかに何かないんか？　汗をぬぐいながらガサガサとクローゼットの奥をかき分ける。すると懐かしいものが目に入ってきた。青いグローブだ。

「これ……俺が買ってやったやつ」

謙次郎はグローブを手にとる。子供用の小さな小さなグローブ。手首の部分には子供の字で『しろた　つよし』と書かれてある。

取っといてくれたんか……

幼い頃の剛志の姿が目に浮かぶ。グローブを持って嬉しそうに、こっちを見る。

「これな、ぼくせんようやねん。お父さんのも、なまえ書いたろか？」

小さな手で大きなマジックを握っていた。『しろた　けんじろう』と書いてもらったグローブは、今どこにあるんやろう。俺はなくしてしまった。……剛志は、ちゃんと取っててくれてたのに。またキャッチボール出来るように残しといてくれたのに……。謙次郎は唇を噛みしめる。

「パリーン！」ガラスが割れる音。ハッと我に返る謙次郎。音の距離からして、藤沢家の窓が割れたんだろう。でも、なんで窓が？　家の中にいると外の様子が全く分からない。増えていくサイレンの音に消防車の多さは想像できた。煙もキツくなっている。窓の外がなんとなく赤い。夕陽？　それとも……火が大きくなってるんじゃ……！　部屋はさっきより煙で満ちている。

燃え上がる藤沢家、そしてすぐ隣に立つ自分の家を想像すると、気を失いそうになった。

落ち着け、俺。落ち着け、俺。まだ大丈夫や、うちは燃えてない。必死に言い聞かせながら、梨香の部屋へ向かう。


久しぶりに入る梨香の部屋はものすごくゴチャゴチャしていた。そこらじゅうに脱ぎ捨てられた洋服、安っぽいアクセサリー、こんなにいらんやろと言うほどあるバッグ、ファンシーな雑貨……。あまりの物の多さにびっくりして、一瞬呆気に取られた。

でも、机の上を見た謙次郎はハッとした。広げたままの教科書。積まれた問題集。ノートにはびっしりと字が書き込まれている。本棚を見ると使い込まれた参考書がずらっと並んでいる。やっぱり今も真面目で賢い娘がいた。変わってない姿を思うと熱いものがこみ上げてくる。

そうや、梨香の大事な物を持って行かな。

……大事な物？　物、物、物で溢れ返る部屋。一体何を持っていけばいいのか分からない。戸惑っている謙次郎の目にある物が飛び込んできた。スポットを浴びたようにはっきりと。

色あせた、大きなミッキーマウスの人形。

……ミニーじゃないって怒ってたのに。

思わず溢れた涙が頬を伝い、汗と共に流れる。なんや、あの頃の梨香となんも変わっちゃいない。俺は気付けなかった。なんか、胸のあたりが苦しい……煙のせいか？　うまく呼吸が出来ない……きっと煙のせいだ。謙次郎は人形を抱え、部屋を出た。

階段を駆け降りる謙次郎。一階にも煙が迫ってきている。

……あとは、なんや、大事な物。まだ、なんかあったはず。

謙次郎はリビングで何故か立ち尽くしていた。息は上がっていても、涙は止まらなくても、変に冷静になっていた。パニックは極限状態を超えると、別の次元になるようだ。心臓の鼓動は早まっていくのに、でもどこか冷めたように、ゆっくりと時間が流れている。

辺りを見渡すと、見慣れたはずの部屋が、いつもと違っておとなしく見える。静まり返っているように見える。窓から差し込む夕陽にカーテンが染まり、部屋全体がセピア色に映った。

謙次郎は部屋に置かれた物たちに目をやった。日常的で何気ない物ばかりだ。

置きっぱなしのアイロン。

旧式のブラウン管テレビ。

景品のマグカップ。

修学旅行のお土産の木刀。

不揃いに並んだ料理の本。

……俺は、この中から何を選べばいいんや……

その他愛もない一点一点が、とっても大事で、愛おしく感じる。

ひとつひとつに思い出が宿り、その時のことが色鮮やかに思い出される。


ソファーの上のクッション。剛志が小さい頃、よく端を噛んでいた。

梨香が昔よく弾いていたピアノ。梨香はちっとも上達しなかった。

加奈子が作った変な顔の手芸人形。俺が笑うと、加奈子は真剣に怒ってきたんやっけ。

福袋に入っていたタイガースのカレンダー。剛志と梨香にダサいと言われたが意地で飾った。

加奈子が毎日欠かさず水をやっているサンスベリア。新しい芽が出て随分興奮してたな。

梨香と二人で選んだ、ソファーカバー。ホームセンターで、喧嘩しながら買ったやつだ。

腰痛の俺を案じて買ってきてくれたマッサージ機。「癒されるな～」と呟くと、加奈子も、梨香も、剛志も、みんな嬉しそうにニヤニヤと笑っていた。

柱に刻まれた子供の成長記録は、いつも「りか」の方が優勢勝ちだ。「つよし」はなかなか背が伸びなくていつも悔しそうだった……。

棚に飾ってある家族写真は大事な家族の歴史を刻んでいる。

結婚式の写真。かしこまった加奈子と、ひきつった顔の謙次郎。

入学式の梨香の写真。ランドセルを背負って照れ笑いをしている。

剛志の運動会の写真。必死に走りすぎて人間とは思えないすごい顔になっている。

バーベキューに行った時の家族四人の記念写真。……みんなカメラ目線で、笑ってる。

謙次郎がふと目をやると、ソファーに座りテレビを見ている梨香と、その横でクッションを抱いている剛志が見えた。すぐそばにはアイロンを当てている加奈子がいる。みんなテレビを見て楽しそうだ。そんな何気ない風景がたまらなく愛おしい。謙次郎が手を伸ばし近付こうとすると、幻だったそれらは、煙が風で散るように消えていった。

ソファー、クッション、アイロン……掴もうとした手が震える。

あかん、俺には無理や、選ばれへん！

どれもこれも……全部、全部や
大事な物なんて……選ぶことなんて出来へん！

謙次郎は動けなくなり、その場に座り込む。声を出して子供のように泣きじゃくった。

すぐ側で鳴っているはずのサイレンが、遠くのように聞こえる。ひとり残されたこの家で、俺は死んでしまうんかな。それでもええかな、なんて考えていた。

その時、加奈子の素っ頓狂な声が聞こえた。

「あんた？　大丈夫？」

謙次郎は涙と鼻水でぐしゃぐしゃになった顔で振り返る。加奈子が心配そうに立っている。

……加奈子！　これも幻か？　這いつくばって歩き、加奈子の足を掴むと、手にしっかり感触が伝わってきた。……幻ちゃう！　本物や！　謙次郎は気持ちが高ぶり、思わず加奈子の足に抱きつく。

「どないしたん？」

心配そうに覗きこむ加奈子に、謙次郎が叫ぶ。

「おでばぁ、だでだぁえべべん！」

泣いているせいで、何を言っているのか分からない。加奈子は、興奮している謙次郎を見て、背中をさすってやる。

「ちょっと、落ち着いて。もう消えとったで、火」

「……え？」

きょとんとする謙次郎。

「藤沢さんのとこ、二階は真っ黒やけど、そんなに燃え広がらんかったみたい」

え、え、と短い声を出しながら、状況を理解していく謙次郎。窓に目をやると、カーテンが風でゆっくりと揺れている。外は静かだ。そういえばサイレンも鳴りやんでいる。部屋に立ち込めていた煙も落ち着いてきたようだ。

力が抜け、その場にへたり込む謙次郎。安堵の表情を浮かべる。

「そうか……よかった」

と呟くと、どっと疲労感がやってきた。自分がどれだけ身体を強張らせていたのかが分かる。

加奈子は謙次郎が抱えた人形やグローブを見て首を傾げたが、ポケットの通帳や、はみ出たアクセサリー、位牌を見て、フフッと笑いだした。汗で色が変わった緑色のシャツや、片方しか履いていない靴を見て、その奮闘ぶりを想像した。

「お疲れさま、ありがとう」

笑ってティッシュを差し出す加奈子に、きまり悪そうな顔をする謙次郎。なかなか止まらない涙をぬぐい、鼻をかんだ。そして謙次郎はもう一度部屋の中を見渡した。

……よかった、燃えずにすんだ。

ここにあるもの全部。全部や。

暮れかけの夕陽が窓から差し込む。部屋中の物たちがさっきより温かく色づいた。

幸せのレシピ

あの頃、この世界のどこにも居場所なんてなかったんだ。
居場所なんてなかった。

なぜだかわからないけど、物心ついた頃には俺に親はいなかった。俺は爺ちゃんと婆ちゃんに育てられ、無口で神経質な爺ちゃんは中学一年の秋に、おっとりとして優しかった婆ちゃんは高校二年の冬にひっそりと亡くなった。

俺は別にグレちゃいなかったけど、成績は中の下で、学校にも勉強にもたいして執着はなかった。年金暮らしの婆ちゃんに貯金はほとんどなく、火葬代と納骨代を払ったら、家の金は底をついた。頼れる親戚もいなかったので、俺は躊躇なく高校を辞めた。高校中退の俺にロクな仕事が見つかるわけもなく、俺はバイトを転々としていた。どれも長続きはしなかった。そんなある日、俺はバイト先のパチンコ屋で仲良くなった客と意気投合した。そいつは俺とタメで、暴力団の三下《さんした》だった。自然に俺は組の事務所に顔を出すようになり、気がついたらチンピラという人種になっていた。

そして今、俺はボコボコに殴られて夜のゴミ捨て場で雨に打たれている。

たぶん、あばらが一〜二本は折れてる気がする。傷口に雨が妙に沁みて痛い。酸性雨ってやつだろうか。何だか傷に悪そうだな。そんなことをぼんやりと考えながら空を仰いでいたら、容赦なく冷たい雨が目の中に入ってきて、俺は思わず目を瞑《つむ》った。

寒い。凍えそうだ。十二月の賑やかな雑踏が厚さ五十センチのガラス板を挟んだように遠くの方で聞えている。俺とは遠い世界の音だ。

このまま俺、死ぬのかな。真冬の寒空の下、冷たい雨に打たれながら、誰にも振り返られることなくゴミ捨て場で凍死するのかな。誰の人生にも関わることなく、このままゴミ屑みたいに野たれ死ぬのかな。たかだか二十年で終わる人生を思っていた時、ふと、顔に降りかかる雨がやんで、俺は目を開けた。

そこには傘を差しかけた初老の婆さんが立っていた。

「何だよ、ババア。見んじゃねぇよ」

「派手にやられたね。ケンカかい？　何しでかしたんだ」

「組のヤクをちょっとパクったら、バレちまってボコられたんだ。で、命からがら逃げて来た。俺に関わったら、ババアもロクな目に遭わないぞ」

「あんた、薬に手を出したのかい⁉」

「バカヤロウ。俺はやらねーよ。あんなもんに手を出すなんてバカのやることだ。俺はただ、ちょっと小遣い稼ぎに薬を横流ししただけだ」

おもむろに婆さんは、携帯で俺の写メを撮った。

「何すんだよっ」

「証拠写真さ。薬はね、やるより売るほうが罪が重いって知ってるかい？　今、あたしがお上《かみ》に通報したら、どうなるだろうね」

しまった。婆さんを追っ払いたい一心でバカ正直に話したことを後悔した。俺は婆ちゃんに育てられたせいか年寄りには弱い。この婆さんを巻き込みたくないという仏心だったのだが、仇になってしまったようだ。

「まあ、時効は五年ってとこだろうね」

「ふざけんな、クソババア」

「どうだい、あたしと取引きをしないか」

「？」

「このまま、あたしが見捨てたら、あんたはここで凍死するだろう。あたしがお上に通報すれば、あんたは間違いなく刑務所行きだ」

「取引きって何だよ」

「あたしはこの近くで食堂をやってんだ。あんたがウチで五年間働くって約束するなら、あんたを助けて匿《かくま》ってやる」

「何言ってんだ」

「悪い条件じゃないと思うけどね。このまま死ぬかい？　刑務所に行くかい？　時効が切れる五年間、ウチで働けばあとは好きにすればいい、晴れて自由の身だ」

「ババア、ぶっ殺されてぇのか」

「はっ。動けもしないくせに」

悪態をついたものの、このまま見捨てられたら俺はマジで凍死するだろう。言葉とは裏腹に、俺は婆さんを睨《にら》むというよりは、すがるような目で見ていたのかもしれない。

「あんた、名前は？」

「……奥寺篤《あつし》」

俺は取引きに応じると答える代わりに素直に名前を名乗っていた。

婆さんは携帯で『松っちゃん』という知り合いらしいタクシー運転手を呼ぶと、俺を町医者に連れて行った。俺のあばらにはヒビが入っていたけど折れてはいなかった。

その後、連れて行かれたのは婆さんの自宅兼食堂だ。食堂というよりは、普通の古い一軒家を改装して無理矢理作ったというような小さな店だった。看板には『しあわせ食堂』と書かれていた。センスのない名前だと思った。

タクシーを降りると、俺は運転手に担がれて二階の婆さんの家へと運ばれた。

婆さんは手際よく布団を敷くと俺を横たわらせた。布団からはお日様の匂いがした。きちんと太陽に干された布団に横になるのは何年ぶりだろう。

見上げた天井の染みを見て、婆ちゃんと暮らした家を思い出し、少し鼻がツンとした。

運転手を帰すと、婆さんは一階に下りて行ってカチャカチャと鍋や食器の音をさせた。昔、婆ちゃんと暮らしていた頃、朝、布団の中でよくこうやって台所で料理する婆ちゃんの包丁の音を聞きながら目を覚ましたっけ。ああ、懐かしい生活の音だ。

その時、ふと何かの気配を感じて顔を上げると、部屋の引き戸の隙間から一匹の太った黒ブチの猫が入って来た。猫は何者かを見定めるかのように、ゆっくりと布団の周りを往復し、俺が手を伸ばすと「フーッ」と逆毛を立てて出て行ってしまった。何と感じの悪い猫だろう。

しばらくして、婆さんがお盆を持って部屋に入って来た。

お盆には白いツヤツヤのご飯とアサリの味噌汁、ぬか漬け、ブリ大根がのせられていた。

「起き上がれるかい？　腹が減ってんだろ。さあ、食いな」

言われて無性に腹が減ってることを思い出した。体を動かすとあばらに激痛が走ったが、俺は何とか上体を起き上がらせた。

「今、すっげぇ感じの悪い猫が入って来たぞ」

「ああ、ブチのことかい。ウチの猫だよ。去年、死にかけてたのを拾ったんだ」

「ババア、よっぽど拾い物が好きなんだな」

「ババアじゃない。あたしは三浦浩子ってんだ。年だってまだ六十四だよ」

「二十歳の俺からすれば、十分にババアじゃねぇか」

婆さんは笑いながら「いいから、冷める前に食いな」と箸を差し出した。

俺は箸を受け取ると出された食事にガッついた。

味のよく染みたブリ大根の温かさが胃に沁みる。人の体温を感じる料理を食べたのは本当に久しぶりだった。胸の中の何かが震えた。けど、こんなことではほだされない。取引きなんてクソ喰らえだ。怪我が治って動けるようになったら、俺はさっさとここを逃げ出そうと思っていた。

そして二ヶ月後、怪我もすっかりよくなった俺は、婆さんの食堂で働いていた。

婆さんの食堂で料理を運び、婆さんの料理を口に運んで笑顔をこぼす客の顔を眺めていた。

言い訳するわけではないが、婆さんには写メを撮られて、名前も知られている。逃げ出して通報されれば、俺は刑務所行きだろう。いや、本当のことを言うと怪我の療養中に毎日出された婆さんの料理がメチャメチャ旨かった。まさに胃袋を掴まれた状況だった。そして安心して眠れる温かな寝床の存在は俺を妙な気持ちにさせた。胸の内側をくすぐられるような感覚だ。

そして、ある夜に婆さんが言った。

「人間はね、どんな時でも美味しいご飯を食べると幸せな気分になれるんだよ。明日も頑張ろうって元気が湧いてくるんだ。美味しい料理と温かい寝床があれば、たいていのことは乗り越えられる。今のあんたに必要なのはそういうもんだよ。違うかい?」

その言葉は俺の心臓のど真ん中を貫いた。そうなのだ。俺の欲しかったものは、そんな当たり前でささやかな、だけど決して当たり前には手に入らないものだったんだ。

そして、誰かを元気にする、そんな料理を作れる人間ってかっこいいと心の底から思った。

「あたしはね、あんたがここに来る半年前に家を改装してこの店を開いた。五年だけでいい、この店を守って、ウチの味を守りたいと思った。だけど、あんたを拾ったあの日、大きな病院の偉い先生に言われたんだよ。あたしは筋肉の萎縮する病気にかかってるって。薬で進行を遅らせることはできるけれど、何年かすると徐々に手足の自由が利かなくなるらしいんだ。だから、誰かにウチの味を引き継いでもらって、この店を五年間だけ守ってもらいたい、そう思ってた時にあんたを見つけた。運命だと思ったよ。寝床は用意する。ここに住んでくれたらいい。きちんと給料も払う。だから、あたしのレシピを覚えて、五年間だけ店を守ってくれないか」

婆さんは真面目な顔で真っ直ぐに俺の目を見つめた。

「婆さん、素性のわからない俺なんかを家に置いて怖くないのか」

「おや、ババアから婆さんに格が上がったね」

「はぐらかすなよ」

「あんたは、いい子だ。あたしはね、人を見る目にはちょっと自信があるんだよ」

言う通りにしなければ警察に通報すると脅されたわけではない。俺は単純に、婆さんの作るような料理を作れるような人間になりたい、そう思った。そして、今ここにいる。

その翌日から、俺の料理人としての修業が始まった。


『しあわせ食堂』は、民家を改装しただけのことはあって、駅からも商店街からも離れていた。店の前は国道で、その向こうには堤防があり海だけが広がっている。漁港からも遠く、錆びたバス停だけしか特徴のないロケーションだったが、なぜか客は引っ切りなしにやって来た。

主だった客はタクシーの運転手、トラックの運転手、それと近所に住む人々だ。毎日、仕事帰りに一人で寄るサラリーマンもいたし、家族連れで来る客も多かった。

俺をここに連れて来たタクシー運転手の松っちゃんも、ここの常連客の一人だ。

あの日は怪我の痛みでよく観察する余裕もなく、俺を担いでくれたこの男は随分とガッチリした男だと思っていたが、実際の松っちゃんは小柄で白髪交じりの短髪の初老の爺さんだった。

「坊主。仕事には慣れたかい？」

「坊主じゃねぇ。篤だっ」

「お客さんに何て口の利き方だい」

婆さんにお盆で殴られた。周囲の客からは笑い声が上がる。今やこの店の恒例のやり取りだ。

ある時、会計を済ませた松っちゃんが携帯をテーブルに忘れてるのに気づいて、国道に横づけされたタクシーまで追いかけたことがあった。その時にふと訊いてみた。

「なあ。この店ってこんな辺ぴな所にあるのに何で通ってるんだ。駅前のロータリーにはもっとマシな食堂がいっぱいあるだろ」

「浩子さんとは、隣町の食堂で浩子さんが働いてた時からの付き合いでな。俺ぁ、浩子さんの料理のファンなんだ。ほら、あれだ。ミシュランの何星だかであるだろう。わざわざ食べに行く価値があるってやつ。俺はグルメじゃねぇから、素材がどうの味付けがどうのはわからねぇけどよ、浩子さんの料理は理屈なしに旨い。愛情がこもってる。お袋の味ってやつだな。あとは浩子さんの人柄か」

「ふうん」

「篤。人から愛されたかったら、まず自分から相手に愛情を与えるこった。そうすりゃ、お前の周りにも自然に人が集まるようになる」

「そ、そんなこと訊いてねぇだろ」

「ふん。まぁ、頑張んな」

ニンマリと笑う松っちゃんを、俺は上目遣いに睨んだ。

こんな風に助言をくれる人間なんて今まで俺の周りにはいなかった。何だかくすぐったい。

俺が転がり込むまで婆さんはこの家に一人暮らしだった。一緒に住んでいるのはブチという感じの悪い猫一匹だけだ。

このブチが一向に俺には懐かなかった。体に触ろうとすると「シャーッ」と逆毛を立てられ、餌をやっても寄り付きもしない。そのくせ俺が目を離した隙にしっかりと餌は平らげていた。

「何でだよ。俺はお前に愛情与えてやってんだろ」

「フーッ」

それがブチの返事だった。

ある日、強硬手段でブチを無理矢理抱き上げようとしたら、思い切り引っ掻かれた。そのブチも婆さんにはよく懐いていて、腹を見せてゴロニャンと甘えているので、俺は納得がいかず余計にブチに構っては引っ掻かれるの繰り返しだ。

婆さんは、家族のことについてあまり話したがらなかった。俺も特に突っ込んで訊いたりはしなかった。逆に俺の家族のことも訊いてこなかったので、俺も自分からは何も話さなかった。婆さんのたっての願いを聞き入れて、望まれて修業するのだから、さぞや大切に珍重されつつ料理を教えられるのかと思ったが、そんなに甘いものではなかった。婆さんの料理の指南は超スパルタだった。

米を研げば、「米は掻き回すんじゃない、掌の下を使って腰を入れて丁寧に研ぐんだよっ」と怒鳴られ、昆布で出汁を取れば、「沸騰させるな。昆布の臭みが出て風味が飛んじまうじゃないかっ」と叩かれた。どんな仕事も長続きしなかった俺は、すぐにうんざりして放り出したくなったけど、そうせずに済んだ理由が一つだけあった。

それは婆さんの料理を食べた時の客の顔だ。ぐったり疲れた様子で店に入って来た客が婆さんの料理をひとくち食べる。すると次の瞬間、パアッと明るい顔になる。強張った表情が途端に緩む。まるで何かの魔法を見ているようだった。

それを見てしまったら、願わずにはいられない。俺も誰かにこんな顔をさせる料理を作りたいのだと。

最初の一年は、材料の下ごしらえ、洗い物、注文を取って料理を客に運ぶこと以外はさせてもらえなかった。営業時間が終わると婆さんから料理のレシピを叩き込まれて、俺はそれを夜中まで練習する。けれどそれは賄《まかな》いであって、決して客に出せる代物ではない。どこがいけないか、何が足りないか、俺は細かくノートに取って何度も何度も練習した。

サバの味噌煮、根菜の煮物、ブリ大根、手羽先の香味揚げ、だし巻き玉子、ポテトサラダ、豚の生姜焼き、アジフライ、季節の魚の塩焼き、鶏ささみと明太子のはさみ焼き、冬瓜の炊き物、コロッケ、南蛮漬け、鶏の唐揚げ、モツ煮込み、酢の物、色々な料理を婆さんから学び、婆さんから伝授された人を幸せにする料理のレシピは大学ノート五冊分にもなった。

その間も、婆さんの病気は緩やかにだけど進行していた。筋肉が縮こまるなら伸ばせばいい。俺は婆さんが風呂から上がると、嫌がる婆さんを布団の上に座らせて、両手、両足の筋肉を揉み解した。丁寧に、丁寧に。最初は照れて嫌がっていた婆さんも、そのうち諦めて、されるがままになっていた。そして時折、目尻にシワを寄せて気持ち良さそうな表情を見せた。

そうして思い当たる。俺は誰かの嬉しそうな顔を見るのが好きなのだと。

二年目からは配膳もするようになり、やがて火の前に立たせてもらい、客に料理を出せるまでになった。人生で初の猛勉強をして調理師免許も取得した。ここまで来るのに三年かかった。

その頃から婆さんの右手の指先は少しずつ思うようには動かなくなり、厨房には俺一人で立つことが多くなっていった。接客のバイトに俺より二つ年下の由美ちゃんを入れたのもこの頃だ。

俺の作った料理に常連の客が唸るようになり、俺が婆さんの味を忠実に再現できるようになったと自信を持てたのは四年が過ぎた頃だった。

常連の松っちゃんが目を細めて言う。

「篤。お前、いい顔つきになってきたな。最初なんか魚の腐ったような目ぇしてたのになぁ」

「魚の腐った目は余計だよっ」

松っちゃんは声を立てて笑った。

ブチは相変わらず俺には懐かなかったけど、半径一メートル以内に入っても逆毛は立てないようになった。どうやら俺たちにはこれがベストな距離らしい。

俺が一人で厨房に立つようになってから店に来始めた新しい客も今や常連になりつつあり、俺は言葉にできないほどの充足感を日々感じていた。

賄い料理を食べながらバイトの由美ちゃんが顔をクシャクシャにして言う。

「美味しいっ。篤さんてすごいね。篤さんの作った料理を食べてるお客さんの顔を見ると、私、いつも幸せな気分になるんだ」

由美ちゃんの満面の笑みに俺は照れた。

そして、自分の料理が少しでも誰かの幸せな気持ちに繋がっていることが嬉しかった。

なぁ、婆さん。最初に五年って約束をしたけど、俺は五年したらここを出て行かなくちゃいけないのかな。できればずっとここにいたいよ。ずっとずっとこの場所にいたいんだ。


婆さんは時々、店に下りて来て常連客と談笑していたが、最近では二階の自分の部屋で横になっているか、ブチに構って一日を過ごすことが多くなってきた。日常生活に支障が出るほどではなかったが、右の手足の動きが思うようにはいかないらしく、気丈な婆さんはそれを客に見られることを嫌がった。医者には適度な運動をするように言われていたので、俺は店を閉めてから、毎晩、婆さんを強引に夜の散歩に連れ出した。

俺は婆さんの不自由な右側に回り、婆さんの腕を自分の腕にかけて寄りかからせた。

「婆さん、前から気になってたんだけど、五年って期限には意味があるのか」

「別に。店を開くからには五年は続けたいと思っただけさ。あんたがもっと続けたいって思うなら続けてくれていいし、ババアの面倒はもうごめんだと思うなら、気兼ねなく出て行ったって構わないんだよ」

「そんなこと言ってねぇだろ。ほんっとに可愛げのない婆さんだな」

「あんたは、もう家族同然だからね。一緒に住んでいても、離れて暮らしても、あたしにとっちゃ変わらないってことさ」

俺は思わず言葉に詰まった。

あの頃、あの雨の日のゴミ捨て場で、俺はこの世界のどこにも自分の居場所はないと思っていた。なのにどういう縁なのか、婆さんに拾われてこの食堂に辿り着き、今では温かな寝床と、誇れる仕事と、家族同然だと言ってくれる婆さんがいる。

今、自分がどんな顔をしているのか想像できて、俺はわざと婆さんにそっぽを向いたまま歩き続けた。


俺が『しあわせ食堂』にやって来てから、いくつかの季節が廻り、俺はやがて二十五歳になった。そして店先に植わった紅葉が赤く染まった頃、一人の男性客がふらりと店に入って来た。見たところ常連客ではなく、初めて見る顔だった。俺より少し年上くらいだろうか。ちょうど昼時を過ぎ、客もまばらで、そろそろ『準備中』の札を下げようかと思っていた時だったが、まあ仕方がない。

俺は由美ちゃんに「あの客のオーダー取ったら、準備中の札を下げて」と声をかけた。

「篤さん、サバ味噌定食、一つ」

「はいよ」

他の客が帰って行くと「ありがとうございました」と由美ちゃんが笑顔で送り出し、表に出て『営業中』の札を引っくり返して『準備中』の札を下げた。

「サバ味噌、上がったよ」

「はい」

俺が定食を出すと、由美ちゃんが「お待たせしました」と丁寧に客の前に置いた。

男は軽く会釈してからサバ味噌に箸をつけた。そしてゆっくりと噛み締めた。そう、噛み締めた、という食べ方だった。

男の表情が一瞬、歪んだように見えて、俺と由美ちゃんは顔を見合わせた。

「すみません」

男が呼びかけて、由美ちゃんは「はいっ」と慌ててテーブルに向かった。

俺は味をしくじったのだろうかと不安になったが、そんなはずはない。今日の昼時には何個もサバ味噌定食を出して、客はみんな旨そうに食べていたではないか。

由美ちゃんが困惑した顔で戻って来た。

「どうした?」

「それが……他のおかずを単品で追加できないかって」

夜にはそういったオーダーもあるが、昼時には珍しいケースだったので由美ちゃんが少し困惑していた。

「いいですよ」

俺は直接、客に呼びかけた。

「あの、じゃあ、だし巻き玉子と、根菜の煮物と、ポテトサラダと……」

おいおい、そんなに食べられるのかよ。と俺は心の中でツッコミを入れたが、黙って客のオーダー通りの料理を出した。

男は一つ一つの料理を噛み締めるように食べて、そしてポロポロと涙をこぼした。

俺と由美ちゃんは絶句してしまった。

「す、すみません」

男は立ち上がると、一万円札をテーブルに置いて逃げるように出て行った。

「あ、待ってください。お釣りが……」

由美ちゃんは慌てて料理を勘定して、レジのお釣りを数えていた。

その時、俺はすべての合点がいって、由美ちゃんの手からお釣りを掴み取ると、外に飛び出して男を追いかけた。

「お客さんっ、待ってください！」

堤防沿いの道で、男は背を向けたまま立ち止まった。

「あなた、もしかして婆さんの……三浦浩子さんのご家族の方じゃありませんか？」

無言の男の背中が、それを肯定していた。

どこかでわかっていたはずだった。あの食堂は俺のために用意された場所じゃないってこと。それでも、この五年間で築き上げたものが、いつの間にか俺を錯覚させていた。ここは、この店は、俺のための場所なのだと。たった一つの拠り所なのだと。

だけど今、理解する。婆さんが、あの店を五年間守りたかった理由は、あの料理の味で本当に幸せな顔にしたかったのは、すべてこの男のためだったのだ。

「母さんには、母にはどうか、私が来たことは内緒にしてください。二度と帰るべきじゃないことはわかっていたのですが、遠巻きに家を見れたらいいと……そうしたら、見たこともない食堂になっていて、思わず入ってしまったら、あなたの作る料理は……母と同じ味がした」

男はまた、ポロポロと涙を流した。

「ふざけるなよっ。婆さんは、あんたのお袋さんは、あんたのためにあの店を作って、あんたのためにあの味を守ってきたんだ」

男は気おされたように押し黙った。

俺は、男の両肩に手を置き、その目を覗き込み、祈るような気持ちで言葉を吐いた。

「あんたのお袋さんは、今、筋肉の萎縮する病気にかかってて、右側の手足が不自由になってる。ずっと、あんたのことを待ってたんだ。頼むから会ってやってくれ」

男は泣きながら頷いた。


婆さんの息子は三浦健太という名前で、俺より三つ年上だった。

四十歳過ぎてから出来た子供で、婆さんは健太を溺愛し、甘やかして育てたという。そのせいか、心根の弱い男に育ってしまったと婆さんは言った。

健太は板前の修業で京都の大きな料亭に勤めていた。そこでの修業は想像を絶するほどに厳しく、上下関係も複雑だった。そんな時にタチの悪い兄弟子にそそのかされて健太は大麻に手を出した。何回か手を出し、栽培も手伝い始めた時、健太は兄弟子共々警察に捕まり、裁判で懲役二年・執行猶予三年の刑を言い渡された。当然、料亭はクビになったのだが兄弟子との関係は切れず、執行猶予中にまた大麻に手を出した。それどころか、大麻を融通してもらいたいがために運び屋まがいのことまでしてしまった。そこでまた警察に捕まり、今度は懲役五年の実刑が言い渡された。

健太は、婆さんの前で手をついて額を畳に擦りつけるように頭を下げた。

「母さん、本当に……本当に申し訳ありませんでした」

婆さんは押し黙ったまま何も言葉を発しなかった。

「婆さん、意地を張ってないで許してやれよ。この食堂を開いたのだって、本当は前科者の息子に仕事の場を用意してやりたかったからだろ？　俺に自分の味を守らせたのだって、息子が出所してここに来た時に、母親の味で迎えてやりたかったからなんだろ？」

婆さんはポロポロと泣き出した。

いつも気丈だった婆さんが、小さな肩を震わせ、シワだらけの手を膝の上で拳に握り締めて、瞳から大粒の涙を流して俺の顔をキッと見つめた。

「今は昔と事情が違うんだよ。篤、ここはあんたの居場所なんだ。あんたが五年かけて築き上げてきた場所なんだ。こんなバカ息子のために、あんたがここを譲り渡す必要はないっ」

その言葉で十分だった。俺が五年かけて築き上げてきたことは、婆さんのそのひと言で十分過ぎるほど報われた。ゴミ屑同然だった俺に真っ直ぐ注いでくれた愛情を俺は一生忘れることはないだろう。俺にとってこの五年間、婆さんは本当の家族以上の存在だったんだ。今、その婆さんの前に本物の家族が現れた。婆さんが幸せに笑えるのなら俺が選べる道はただ一つだ。

「ババアの面倒をみるのはもうごめんだ。だから、俺は出て行く」

「篤っ」

「一緒に住んでいても、離れて暮らしても、もう家族同然なんだろ？　婆さんにとってそれは変わらないんだろ？　俺にとっても変わらないよ」

「――」

「俺には、婆さんの叩き込んでくれた料理の腕がある。幸せの形を作るレシピならもうわかってる。だから、よそに行っても大丈夫。あんたも、もう二度と大麻には手を出さないよな」

俺は健太に向き直った。

健太は泣きはらした目で真っ直ぐに俺を見返した。

「誓って、もう二度と、もう二度と手は出しません。けれど、この店はどうかあなたが続けてください。僕はこの店から始めたら、きっとまた甘えてしまう。だから、外で一から自分の足で立ちたい。そして、これからは僕が母さんの面倒をみるから。それでいいよね、母さん」

健太の思わぬ提案に俺は驚いた。

婆さんは大きく頷いた。

「息子が二人になって、あたしは心強いね。そういうわけだから篤、あんたはもう少しババアに付き合ってもらうよ。いいかい、忘れるんじゃないよ。いつか、あんたが出て行く日が来ても、ここはずっと、あんたの居場所なんだからね」

涙を拭うことなく、婆さんは強い眼差しを俺に向けて、ニッコリと笑った。

松っちゃんの笑顔が、由美ちゃんの笑顔が、たくさんのお客さんの笑顔が、次々と俺の脳裏を横切った。言葉にならない感情が俺の胸を熱くした。

本当に？　本当に俺はまだここにいてもいいのだろうか。

ニャア。小さく鳴くとブチが初めて俺の膝に頬を擦りつけ、そのまま廊下に出て行った。

俺は今まで一度も人前で泣いたことはない。だけど、不覚にも涙が出そうになった。

落月屋《らくげつおくりょう》 梁

若菜は戸惑っていた。朝一番の飛行機に乗って、高知からはるばるやって来た東京——若菜が一度来てみたかった憧れの街——で、旅行の連れでありスポンサーでもある祖母の巴恵《ともえ》が真っ先に向かったのは銀座でも浅草でも巣鴨でも、まして渋谷でも原宿でもなくて、足立区北千住の住宅街だったからだ。

「宇佐《うさ》美容室……」

若菜は目の前の磨りガラスの扉にレタリングされた金文字を読みあげる。途中までブラインドのおりた窓を覗くと、お釜のような形のドライヤーや壁に掛かったチャップリンのカレンダーやワゴンに置かれたカット練習用の生首人形やらが見えた。

「おばあちゃん、この美容院に何の用事?」

「そりゃ決まっちゅうろう。ヘアスタイルをチェンジするちや」

巴恵は澄まして言うと、さっさと扉を押して入っていってしまう。

宇佐美容室の中では、メガネをかけた色白の老婆が客用の椅子に腰掛けて熱心に新聞を読んでいた。ふくよかな体をときどき波打たせて咳をしている。白い割烹着が似合う『日本のおかあさん』のようなこの人が店主だろうか？　すこし耳が遠いらしく、店の扉が開いたことに気づかないようだ。若菜がどう声を掛けるか迷っているうちに、巴恵が大声を張り上げた。

「お待たせしちゅう、依《より》ちゃん」

「依ちゃん」と呼ばれた老婆は弾かれたように立ち上がる。思いがけず背が高かった。百六十六センチある若菜よりもまだ高い。巴恵は屈託なく走り寄り、依ちゃんの手を取る。百五十センチに満たない痩せぎすな巴恵と依ちゃんが向かい合うと、まるで大人と子ども、もしくは漫才コンビのようだった。

「こちらが……？」若菜を見て首をかしげる依ちゃんに、巴恵はカカカと笑ってうなずく。

「そうそう。孫の若菜ちや。店継いでくれた三男坊一家の末娘ぞね」

依ちゃんは目尻にたくさん皺を作って目を細めた。

「へえ。あのチビスケにもうこんな大きなお嬢さんがいるの。時の経つのは早いねえ」

巨漢の父を「チビスケ」呼ばわりするなんて、どうやらずいぶん古くからの知り合いらしい。

若菜が老婆二人を見比べていると、巴恵と目が合う。嫌な予感がした。すると案の定、

「大きいゆうたち、若菜はまだ高校一年生ちや。せっかく入った学校をしばらく休んじゅう。『暇にしちゅうんじゃったら、いっしょに東京へ行きゆうか?』と聞いたら、『行く』言うがやき、連れてきた」

巴恵は若菜が不登校である事実を、若菜が初対面となる相手にあっけらかんとバラし、カカと笑いとばした。そしてやっと若菜に依ちゃんを紹介してくれる。

「こちら、宇佐依子《うさよりこ》さん。うちの友達じゃ」

友達、という言葉に、若菜は自分の顔が引きつるのを感じた。「はじめまして」と笑う依ちゃんと巴恵から、何となく目をそらしてしまう。若菜の態度の微妙な硬化を知ってか知らずか、巴恵が明るい声をあげた。

「依ちゃん、例のヘアスタイル頼むわ」

依ちゃんは巴恵にうなずき、脇に置かれたワゴンの引き出しから雑誌の切り抜きらしきピンナップを取り出す。どうやら巴恵の新しい髪型はふたりの間ですでに了解済みらしい。一体いつのまに? 若菜の疑問を察したように、依ちゃんはまるい肩をすぼめてみせた。

「一ヶ月ほど前に、巴恵ちゃんから手紙をもらってね」

「完成イメージを手紙に入れて送ったが」と巴恵が話を引き取ると、腕のいいアシスタントよろしく依ちゃんが「それがコレ」と鏡の横の壁にピンナップを留めてくれた。肉感的なブロンド美女が翻る白いワンピースをおさえて微笑んでいる、有名な映画のワンシーンだった。

「マリリン・モンロー?」

若菜のドン引きをもろともせず、巴恵は得意げに小鼻をふくらませて説明する。

「マリリンならなんちゃーいいわけがやない。この『七年目の浮気』の時のマリリンのヘアスタイルがいいぞね」

「でもおばあちゃん、これ、金髪……」

「染めればえいろう?」巴恵がじろりと若菜を睨んだ。「うちの髪やき、うちのやりたいようにする。こがなこと地元の美容室にゃ頼めないがで、東京まで来ちゅう。なあ、依ちゃん?」

うん、とうなずいた依ちゃんの手にはもうハサミが握られていた。


依ちゃんに伸びっぱなしの白髪をいじられだすと、巴恵はすぐに頭を垂れて動かなくなった。BGMのない静かな店なので、小さないびきがきっちり聞こえてくる。「疲れてるんだね」と依ちゃんは巴恵を起こさず、切り抜きのマリリン・モンローを睨みながら勢いよくハサミを入れていった。若菜がさかんに店の外を気にしていると、依ちゃんが鏡越しにニコリと笑う。

「だいじょうぶよ。他のお客さんは来ないから」

宇佐美容室は五年前に閉店しているのだ、と依ちゃんは教えてくれた。手の甲でメガネを押し上げ、恥ずかしそうに告白する。

「目も手先もおぼつかなくなってね。お客様に申し訳なくて店仕舞いしたの。店舗兼住居だから店はそのままだけど。特別な友達の頼みでもなきゃ、私、ハサミはもう握らないよ」

「『特別な友達』って……」若菜は低い声でうなる。若菜の心の波を敏感に察したのか、依ちゃんはハサミを規則正しく動かしながらさりげなく尋ねてきた。

「おかしい?」

「や。別に。ていうか、おばあさん同士の友情ってよおわからんし。ただ、わたしは友情ってけっきょく片思いだと思っちゅうき。友達とかあんまり信用できん。信じるのが怖いです」

沈黙がおりる。若菜は膝に置いた手をぎゅっと握った。親にも担任にも言わなかった本音を、どうしてさっき会ったばかりの依ちゃんにぶつけてしまったのか、自分でもわからなかった。

「若菜さん」と呼びかけて、依ちゃんは巴恵の隣の椅子をポンポンと手で叩いた。

「こっち来ない? 巴恵ちゃんは起きないし、マリリン・モンローの完成はまだまだ先。せっかくだから、若菜さんに話しておきたいことがあるの。あなたのおばあちゃんと私の話」

若菜はしばらく迷ってから、眠る巴恵の隣の椅子に腰掛ける。使ってないわりによく磨かれた鏡に、唇をへの字に曲げた自分の顔が映っていた。その横で、ハサミを持つ手は止めず、視線は常にマリリンと巴恵を行き来させながら、依ちゃんが語り出す。

＊

私はもともと生まれも育ちも東京でね、高知にいたのは長い人生の中のほんのわずかな時間だけなの。巴恵ちゃんとはそのわずかな時間に出会った。戦争が終わって十年経つか経たないかって頃の話よ。

父が死んで、母親の実家がある高知に移って来た中学生の私は、正直、都落ちって気分だった。そんなくだらないプライドを持ったまま、新しい学校でことさらよそ者を気取ったわけ。当然、半年が過ぎても「友達」と呼べる子なんて一人も出来なかった。

映画はね、そんな私の救いだったのよ。海の向こうのスター達が見せてくれる華やかな恋やサスペンスに束の間、自分の冴えない日常を忘れることが出来た。

毎日でも観たかった映画だけど、中学の校則で保護者同伴でないと映画館に入れなかったんだよね。クソがつくほど真面目だった私は、校則をやぶる勇気がなかった。だけど諦めることも出来なくて、毎日放課後になると高知市内の映画館をぐるぐるまわっては、「あの映画がかかってる」「この映画が封切られた」って切符売り場の前でひとり悶々としていたわ。

そんな私にある日、声が掛かったの。「宇佐さん、何しちゅう？」って。振り返ると、色の浅黒い小柄な女の子が立っていた。そう。それが巴恵ちゃん。でも、当時の私は巴恵ちゃんの名前も、彼女がクラスメイトであることも知らなかった。教室でちゃんと顔を合わせたことがなかったの。六人兄弟の長女だった巴恵ちゃんは、家業の手伝いや弟達の面倒やらで学校になかなか顔を出せてなくてね、私とはまた違った理由でクラスから浮いてたんだ。

　巴恵ちゃんがクラスの誰ともつながっていないことを知った私は何となく安心して、正直に事情を話したわ。巴恵ちゃんはカカカって元気に笑い飛ばしてくれた。そして言ったの。

「誰にも見つからず、映画館の中に入れたちえいがじゃ。うちが通らしてやるき、まかせやー」

　何をするのかと思ったら、建物の陰に隠れた巴恵ちゃんは野良猫の喧嘩を完璧に演じてみせた。声帯模写よ。見事だったなあ。あまりの迫力に閉口したもぎりの人が飛び出してきて、私はその隙にすっと映画館の中に入れた。巴恵ちゃんの言葉通り、誰にも見つからずにね。

　後日、学校に来た巴恵ちゃんを捕まえて、私はお礼を言ったわ。巴恵ちゃんのおかげで観られた映画が本当に面白かったから、素直に感謝出来た。巴恵ちゃんは得意げに小鼻をふくらませて——そうそう。今でも巴恵ちゃんがよくやるアノ表情よ——聞いてきたわ。

「『ローマの祝日』だっけ？　ありゃあまっこと面白い映画らしいな」

　ローマの休日だよ、という私の訂正なんてどこ吹く風で、

「観られてよかった。また映画館に潜り込みたい時はゆうてよ。声帯模写のネタは無限にある

き」って、力こぶを作ってみせてくれた。巴恵ちゃんがあまりに自然体だから、私も余計なことは何も考えず身構えることもなく「もしよかったら」って切り出せたんだ。

「今度は高岡さんの時間がある時に、ふたりで潜り込もうよ。いっしょに映画観よう」って。

「いっしょにかぇ？」と何度も確認してくる巴恵ちゃんに、私は何度もうなずいた。何度もね。

＊

若菜は気持ちよさそうに眠る巴恵を見やる。自分が生まれた時からすでに「おばあちゃん」だった巴恵がかつて少女だったことを想像するのは難しい。『高岡』という旧姓も初耳だった。ただ、巴恵が声帯模写を得意としているのは知っている。両親が商売をしており、祖母と過ごす時間の多かった若菜は幼い頃、よく巴恵にせがんでビールの栓が抜ける音や猫や蛙の鳴き真似をやってもらったものだ。

「うちが生まれた家は貧乏でな、玩具《おもちゃ》なんて買えなかったちや。こがな子どもだましで幼い弟達を楽しませるしかなかったちや」

巴恵は自分の特技をそんなふうに説明してくれた。

「じゃあ、ふたりはそれからずっと仲良く……？」と若菜が尋ねると、依ちゃんはだまってハサミを置き、染料を混ぜ合わせはじめた。そして若菜が返事を諦めた頃、ようやく口をひらく。

「『ずっと仲良く暮らしました』って？　そんなおとぎ話の結びのようにはいかなかったねえ」

＊

中学を卒業すると、巴恵ちゃんは食品工場に就職、私は高校に進学、と別々の道に進んだの。それでも、いえ、だからこそ私達、週に一度は映画館で待ち合わせしていっしょに映画を観ようね、って約束した。でも、その習慣は半年もつづかなかった。

だんだん巴恵ちゃんが映画の途中で眠ってしまうことが多くなってきてね。早朝から働かされる工場勤務がそれだけ大変だったたってことなんだけど、当時の私はそこまで思いやれなかった。それどころか「なんで寝ちゃうの？」って腹を立てたわ。友達とは楽しさを共有したい。逆に言えば、楽しいことしか共有したくないっていう幼さがあったんだと思う。巴恵ちゃんとはもう住む世界が違うのかな、なんて不遜な考えもよぎったりね。浅はかで残酷だった。

私達の約束が守られなかったのは、私のせい。私が一方的に距離をとって、離れたせいだよ。

巴恵ちゃんから離れた私は、同じ高校の子達と映画を観るようになった。みんなそこそこ映画が好きで、話が合ったの。友達が出来た、と思った。『ジャイアンツ』『めまい』『12人の怒れる男』『やさしく愛して』『パリの恋人』『白鯨』『居酒屋』『野いちご』……アイドル達のラブストーリーからヒッチコックのサスペンス、すこし難解な文芸作品まで、何でも観たなあ。

あれは高校二年の冬だったか……高知一大きなスクリーンとうたわれたテアトル土電で巴恵ちゃんとばったり出くわしたことがあった。集団でいた私に対し、巴恵ちゃんはひとりだったわ。それでも、「依ちゃん、ひさしぶりぞね」って屈託なく話しかけてきてくれた。

「依ちゃんもマリリンの『王子と踊り子』を観に？」

「ううん。違う。うちらは『戦場にかける橋』の方」

ことさら強く否定した私を、巴恵ちゃんはどう感じたかなあ？「そっかそっか」と軽くうなずき、「そんなら、うちはこれで」と手を振った。その手がひどく荒れていて、私は初めて工場の仕事がどれだけきついものなのか想像することが出来たの。私の視線に気づいた巴恵ちゃんはすぐに手をおろしてそっと背中に隠したわ。なんだかせつなくてね、でも何て言えばいいのかもわからなくて……私、逃げちゃった。後ろも見ないで、巴恵ちゃんから逃げたんだ。

後でいっしょにいた子達に聞かれたわ。「あの子、誰？」って。悪意のある聞き方ではなかったけど、私はとっさに「中学の時の知り合い」なんてよそよそしく答えてたの。最低だよね。

そんな最低の私には最低の出来事が待っていた。私が高校三年の冬に、母が死んだの。風邪をこじらせてあっけなく逝ってしまった。天涯孤独になった私は、卒業まであと数ヶ月ってところで学業を断念せざるをえなかった。母と二人で住んでいた借家も追い出され、急遽、東京にいる父方の遠い親戚を頼ってまた上京することになった。

四年前、母とふたりでおりた駅のホームに、今度は私ひとりで立ったわ。四年前より心細く、不安だった。見送りに来てくれる同じ高校の子は誰もいなかった。そう、ひとりもね。映画をいっしょに観ていた子達も来なかったんだ。友達……じゃなかったのかもしれないね。

あと十分で列車が到着するって時に改札に駆け込んできたのは、巴恵ちゃんだった。

「仕事は?」と間抜けな質問をした私に、巴恵ちゃんは「サボったに決まっちゅうろう」と言ってカカカと朗らかに笑ってくれた。初めて言葉を交わした日と何ら変わらない笑顔だった。

「コレ握っちょったら遅くなったわ」

そう言って巴恵ちゃんが差し出したのは、竹の皮に包まれたおにぎり。

「依ちゃん、東京行っても元気でな。うち、依ちゃんのことずっと忘れんよ。ずっとずっと応援しちゅう。誰も頼れん時にゃ、うちに言いやー。ぜったい助けに行くき」

がんばれ、と巴恵ちゃんは言った。がんばれ、依ちゃん。東京でもがんばれ。細い体のどこにそんな力があるのかってくらい強く私の手を握って、巴恵ちゃんは励ましてくれたんだ。

「どうして?」って、私は聞いたよ。巴恵ちゃんのことをさんざん軽んじた私にどうしてそこまでやさしくなれるのかわからなかったから。そしたら巴恵ちゃん、カカカと笑って言った。

「依ちゃんはうちを映画に誘ってくれたやないか。いっしょに観ようって。嬉しかったちゃ。友達に誘われたんはアレが初めてやったき。一生忘れんと誓ったぞね」

列車の中で竹の皮をひらくと、大きなおにぎりが五つも並んでいた。形がいびつだったのは、炊きたての熱い白米を急いで握ってくれたから。私は座り心地の悪い列車の席で、ゆっくりゆっくりおにぎりを食べた。噛みしめるたび、巴恵ちゃんのカカカって元気な笑い声が耳の奥で響いた。たかだか四年の交流、毎日顔を合わせられたのは二年にも満たなかったけど、やさしく大きな心を持った巴恵ちゃんが、私にとってどれだけかけがえのない友達だったか、苦い後悔と共に思い知った。もっといっしょにいたかった、喋りたかった、と泣いたっけね。

あんなに美味しくてしょっぱいおにぎりを、私は後にも先にも食べたことがないなあ。

＊

若菜が依ちゃんの話に夢中になっている間も、依ちゃんの手は止まることなく動きつづけ、気づいた時には巴恵の白髪頭は見事な金髪へと変身していた。伸ばしっぱなしだった髪は肩の上で切り揃えられている。

「うん。いいね。黒髪より白髪の方がだんぜん金髪に染まりやすいし、巴恵ちゃんはクセっ毛だからパーマかけなくて済んだし、……思ったよりもうまくいったんじゃないかなあ？」

依ちゃんは巴恵の頭と壁に貼られたピンナップを満足げに見比べた。たしかに髪型は似てないこともない。が、残念ながら巴恵はマリリン・モンローには見えなかった。せいぜいパンクなばあさん、といったところだ。若菜は巴恵から目をそらしてため息をつくと、尋ねた。

「東京と高知に離れてから、ふたりの交流はつづいたんですか？」

依ちゃんは今度はためらいなくうなずいた。たしかに、ふたりの距離は物理的に遠くなった。それでも、季節が変わる時には互いにふと相手を思い出す。元気かな？　と懐かしくなる。手紙を書く。電話をかける。ほんの五行、ほんの十五分のつながりであっても、それを大事にあたため、交流の糸をつないできたという。

「長い年月、いろいろあったわ。たいてい私が巴恵ちゃんに助けられていたかな。たとえば？　そうねえ、たとえば私、むかし結婚していたんだけど、その相手にずいぶん暴力をふるわれたのね。今はドメスティック・バイオレンスって言葉を使うんだっけ？　とにかく毎日殴られ蹴られ、打ち身ねんざ骨折……もう怖くて痛くて、大好きだった映画を観る気力すら奪われていた。そんな時、巴恵ちゃんが電話をくれて……普通に会話したつもりだったけど、何か感じたんだろうね。次の日、わざわざ高知から飛んで来てくれた。私が東京へ戻る時にくれた言葉通り、助けに来てくれた。その頃の巴恵ちゃんは高知でちょっと有名な漬け物屋さんに嫁いで、三人兄弟を次々と生んで、家事に育児に家業に大忙しだったはずなのに。すべての気力を奪われ、アパートの部屋の隅でうずくまるしかなかった私を、巴恵ちゃんは外に連れだしてくれた。忘れもしない。当時封切られたばかりの『スター・ウォーズ』を新宿の大きな映画館で観たっけ。その映画館のトイレで、私は巴恵ちゃんに洋服の下に隠していた青あざを見せ、事情を打ち明けたんだ。巴恵ちゃんは冷静だったな。『大変じゃったね。でも終わりにしよう。依ちゃんなら、ぜったいやり直せるき』って励ましてくれた。そして私が夫の暴力から完全に逃げられるよう、その足で私を高知に連れ帰り、自分の家に匿《かくま》ってくれたの」

晴れて離婚が成立し、四十歳を過ぎてから、依ちゃんは東京に戻って美容師免許をとった。こつこつ貯めてきたお金で自分の店を開いた。店と依ちゃんは地元の人達に愛され、閉店した今もまだ「宇佐さんに切ってもらいたいの」と言ってくれる常連さんがいるという。

「巴恵ちゃんのおかげで、今は毎日しあわせだわ」と言って、依ちゃんはふっくらとした丸顔を皺だらけにして微笑んだ。そのたくさんの皺は、ひとりでは歩き通せなかった道を友達といっしょに歩き、強くなった女性の軌跡に見えた。友達が欲しいな、と若菜は初めて思う。いつもいっしょってわけじゃないけど、必要な時に手を伸ばし、声を掛けてくれる味方。家族とはまた違う、近しい人。いつでも簡単に切れてしまえるからこそ、尊いつながり。

そんな存在がいれば、人はどこまでだって強くなれるに違いない。

考え込む若菜の顔を、依ちゃんがしずかに見下ろしていた。「若菜さん」とそっと声を掛ける。

「巴恵ちゃんは近々入院するよ。今度の入院は長くなりそうだ、って手紙に書いてあった」

若菜はハッと顔を上げる。

「放射線治療が始まるんだって」

淡々とつづく依ちゃんの言葉に、若菜の膝から力が抜けた。そうか。おばあちゃん……そうだったんだ。

もともと腰痛持ちだった巴恵は今までと違うその腰の痛みも「職業病だよ」と笑って、なかなか病院に行かなかった。三年前、異変を察知した若菜の父親が店の車に乗せて市民病院へ連れていった時は「手遅れではないものの、かなり深刻」と医者から言われたものだ。

それでも何度か入退院を繰り返した後、巴恵はまた家に戻ってきた。食前食後に大量の薬は飲んでいたが、他は前と変わらずよく食べ、よく笑う、快活な巴恵の姿を見て、若菜はすっかり「おばあちゃんは元気になったんだ」と高をくくってしまっていた。

若菜は巴恵が急に「東京へ行く」と言い出した理由にようやく気づく。道理で、父と母が反対しなかったはずだ。

「何も知らんかったのは、わたしだけ……」

若菜は呆然とつぶやいた。何も知らないで、生まれて初めて行く東京に浮かれていた。渋谷、新宿、原宿……行きたい街が多すぎて、おばあちゃんのお供をちょっと億劫にすら感じていた。これがおばあちゃんとの最期の旅行かもしれないのに。

「たしか放射線治療って、髪も抜けてしまうんですよね？　だからおばあちゃん、今のうちにマリリンの髪型なんて無茶なリクエストを……」

依ちゃんはしずかに微笑んだまま、「違うよ」と若菜をまっすぐ見つめた。

「巴恵ちゃんがこの髪型にしたのは、若菜さんのためだよ」

どういうこと？　問う代わりに目をむいた若菜の肩を、依ちゃんはポンと叩いた。

「店をまかせた三男坊夫婦に代わって自分が面倒を見てきたせいか、孫の若菜はずいぶん甘えん坊のばあちゃん子に育ってしまった。今、ちょうど学校の人間関係で悩んでいる時期でもあるから、ここでもし自分が死んだら、あの子はきっとひとりぼっちだと感じてしまう。寂しくて悲しくてまいってしまう。だから、お別れの席ではあの子を笑わせたい、あの子がどんなにつらくても噴き出してしまうような遺影を撮っておきたい、って巴恵ちゃんは書いてた」

一世一代の自分の葬式、似合いもしないマリリンの髪型にした自分の遺影で、巴恵は若菜を「笑わせたい」と思っていた。自分のいない明日からの人生を、笑って歩いていってほしいと願っていた。その願いの中に、友達を作り、信じる勇気を消さないでほしいという祈りも含まれていたに違いない。

「やれやれ。依ちゃんは口が軽うていかんちや」

ふいに巴恵の声がして、若菜は依ちゃんといっしょに飛び上がった。そんな二人を見て、椅子にふんぞりかえった巴恵はカカカと大きな声で笑う。

「ほがな幽霊でも見たように驚きな。うちはまだ生きちゅうよ」

そして若菜と依ちゃんをじっくり見まわし、得意げに小鼻をふくらませた。

「安心しちょき。遺影は一応撮っとくが、うちはまだまだ死なん」

その表情がゆっくり泣き笑いになる。

「この年になってもまだ、うちは映画をもっと観たいと思う。若菜がどんな大人になっていくか見届けたいと思う。依ちゃんともっともっと喋りたいと思うちや。げにまっこと欲張りぞね」

若菜が何も言えないでいると、依ちゃんがすっと前に出る。巴恵のケープを取り、肩に落ちた毛を払って、鏡の中の巴恵に笑いかけた。

「巴恵ちゃん、ソレ普通よ、普通。なにが欲張りなもんですか。映画、いいね。ぜったい観に行こう。今度は私の番。私が言わせてもらう。巴恵ちゃんがつらい時は、私が高知に行くよ。巴恵ちゃんを助けに行く。お医者さんにはなれないけど、友達として全力で巴恵ちゃんを助けに行くから」

依ちゃんは「そうだ」と高らかな声をあげ、使いこんだハサミを掲げてみせた。

「高知に行く時は、美容師道具一式持っていく。好きな髪型言ってよ。マリリン・モンローでもオードリー・ヘプバーンでも何でも。巴恵ちゃんの好きなヘアスタイルにするよ。だから生きて。もっともっと生きて。もっともっといろんなこと、いっしょに楽しもう。ね、約束！」

依ちゃんがふっくらとした小指を突き立てると、巴恵は乱暴に鼻をすすってしばらく横を向いていたが、やがて鏡越しに依ちゃんを見上げ、「次はアンジェリーナ・ジョリーにするき」と宣言して細い小指をからめた。

思わず噴き出してしまった若菜を鏡の中から眺め、巴恵は「えいろう?」と得意げに小鼻をふくらませる。依ちゃんまで隣で同じ表情をしていて、若菜はますます笑いころげた。

「うん、いいね。持つべきものは友達じゃ」

若菜は素直にうなずくと、巴恵の真似をしてカカカと笑ってみせた。

リンダブックス
99のなみだ・星 涙がこころを癒す短篇小説集
2010年9月1日 初版第1刷発行

• 編著 リンダブックス編集部
• 企画・編集 株式会社リンダパブリッシャーズ
東京都港区東麻布1-8-4 〒106-0044
ホームページ http://lindapublishers.com

• 発行者 新保勝則
• 発行所 株式会社泰文堂
東京都港区東麻布1-8-4 〒106-0044
電話 03-3568-7972

• 印刷・製本 株式会社廣済堂
• 用紙 日本紙通商株式会社

「99のなみだ」は、株式会社バンダイナムコゲームスより2008年に
発売されたニンテンドーDS用ゲームソフトです。

ISBN978-4-8030-0199-0 C0193